La Balade de Pell Ridley

Meg Rosoff

La Balade
de Pell Ridley

*Traduit de l'anglais
par Dorothée Zumstein*

Du même auteur chez Albin Michel Wiz :

Maintenant, c'est ma vie

Titre original :
THE BRIDE'S FAREWELL
(Première publication : Penguin Books Ltd., Londres, 2009)
© Meg Rosoff, 2009

Pour la traduction française :
© Éditions Albin Michel, 2012

Pour Ann et Liz

1

Le matin où elle devait se marier, Pell Ridley se faufila hors de son lit dans l'obscurité, donna un baiser d'adieu à ses sœurs, alla chercher Jack, sur la lande battue par le vent et la pluie, et lui annonça qu'ils partaient. Non qu'il fût susceptible de protester, en qualité de cheval.

Il n'y avait pas grand-chose à emporter. Du pain, du fromage, une bouteille de bière, un tablier propre, une corde pour Jack et un livre illustré de délicats dessins d'oiseaux – qui appartenait à sa mère mais que nul ne regardait jamais sauf Pell. Elle ne toucha pas à la robe, étendue sur une chaise poussiéreuse, dans laquelle elle aurait dû se marier.

Passant délicatement la main dans la plus belle théière, elle récupéra les pièces mises de côté pour sa dot. Puis elle glissa la corde autour de l'encolure de Jack, pivota sur ses talons et partit.

Baissant la tête et plissant les yeux à cause de la pluie, elle fit halte en apercevant, sur le sentier, une silhouette fantomatique. Si celle-ci n'avait guère plus de substance qu'un papillon de nuit, son regard n'en perçait pas moins les ténèbres.

– Retourne te coucher, Bean.

Aucune réaction.

Pell soupira devant l'expression têtue du visage ovale et blafard.

– Je t'en prie, Bean. Rentre à la maison.

Mon Dieu, non ! songea-t-elle. Mais à quoi bon supplier Dieu quand les dés sont jetés ?

Sans attendre d'y être invité, le garçonnet grimpa sur Jack. N'ayant pas le choix, sa sœur se hissa derrière lui, sentant la tiédeur de ce corps fluet contre le sien. Et c'est ainsi, avec un « Hue, Jack ! » résigné et sans que Pell ait versé une seule larme, qu'ils commencèrent à descendre la colline – en direction du nord qui paraissait, en cet instant, la voie ouverte vers le vaste monde.

– Je suis désolée Birdie, murmura la jeune fille, avec une dernière pensée pour celui qui aurait dû devenir son mari.

Peut-être se trouverait-il une autre épouse à la dernière minute ? Lou, par exemple ? *N'importe quelle fille fera l'affaire,* songea Pell. *N'importe qui sauf moi.*

2

Prendre la route. Trois mots magiques. À perte de vue, le ciel bleu, les collines immaculées, les sentiers étroits menant Dieu sait où... Et le sentiment d'être libre – libre et affamée, libre et frissonnante de froid, libre et trempée jusqu'aux os, libre et égarée. Mais qui déplorerait ces conditions, en regard de la liberté ?

Ils chevauchaient depuis à peine une heure quand le jour commença à poindre, alors qu'ils atteignaient un village en tous points semblable à celui qu'ils venaient de quitter – une route pour y entrer, une autre pour en sortir et, tout autour, un sentier moins fréquenté. Le moindre habitant des lieux connaissait assez Pell pour savoir qu'elle n'avait rien à faire debout à l'aube – et qui plus est sur un cheval l'éloignant de chez elle – le jour de son mariage.

C'est pourquoi, tirant sur la bride de Jack, elle contourna tous les villages jusqu'à ce que leurs noms lui soient devenus étrangers, ainsi que le visage des gens qu'ils y croisaient. Prudents, ils n'en poursuivirent pas moins leur chemin, ne s'arrêtant qu'une fois sous un arbre pour y déjeuner de pain noir et de bière.

Bean continua à aller à cheval – si frêle que Pell n'était pas certaine que Jack le sentît sur son dos – même après que sa sœur se fut glissée à terre et mise à marcher. Lorsque celle-ci était assaillie par la tristesse, le doute et la stupéfaction à la pensée de ce qu'elle avait fait, Bean la rassurait d'un sourire. Mais le plus souvent il restait silencieux, regardant droit devant lui.

– Tu ne veux pas rentrer à la maison, Bean ?

L'idée qu'elle s'était faite de la liberté ne s'accordait guère avec sa présence.

Il secoua la tête et Pell soupira. *Trop tard pour revenir en arrière*, songea-t-elle. *Rien ne sert de regretter.*

Ils se dirigeaient vers la foire aux chevaux de Salisbury. C'était moins un plan qu'un point de départ. Là, ils rejoindraient la grande masse anonyme de l'Angleterre, laquelle recélait une multitude d'existences possibles. Loin de Nomansland, loin de leur père et de leur mère. Loin de Birdie Finch.

– Il fera un bon mari, un mari fiable, lui avait souvent répété sa sœur Lou. Et tu as déjà beaucoup d'affection pour lui.

– Mais je sais mieux monter et ferrer un cheval que lui.

– Tu n'as rien d'autre à lui reprocher ?

Lou aurait voulu qu'un homme la regarde comme Birdie regardait Pell.

– Non, je n'ai pas trouvé mieux ! s'esclaffait Pell avant d'entraîner son cheval sur la lande.

Lou les regardait partir, marquant sa désapprobation d'un pincement des lèvres.

Tous savaient que Birdie et Pell se marieraient un jour. Ils étaient pour ainsi dire fiancés depuis leur naissance, ou du moins depuis la première fois que Pell était montée à cheval, juste après avoir fait ses premiers pas. Installée derrière Birdie, elle s'était agrippée à lui comme si sa vie en dépendait. Ce poney n'aimait pas les enfants, mais Birdie s'accrochait, et Pell s'accrochait à Birdie – au début comme s'ils étaient frère et sœur, plus tard en enfouissant la tête contre son épaule et en refermant les bras autour de sa taille.

– Quand on sera grands, disait-il, tu seras mariée au meilleur maréchal-ferrant de la région !

– Tu devrais épouser Lou, rétorquait Pell. C'est elle qui a envie de se marier.

Il la fixait, blessé.

– Je n'ai rien en commun avec ta sœur, et tu le sais.

Pell n'aurait pu lui donner tort. En effet, détestant autant la boue que les chevaux, Lou était la personne la moins disposée au monde à assister à une mise bas difficile, ou à saisir un poney par la crinière pour se hisser sur son dos.

Il fut un temps (désormais lointain) où l'idée d'épouser Birdie remplissait Pell de fierté, ne serait-ce que pour damer le pion à Lou qui, aux yeux de tous, ferait une meilleure épouse. En ce temps-là, Birdie et Pell ne se quittaient pas d'un pouce, de l'aube à la tombée du jour. Il n'y avait pas un seul cheval qu'ils ne puissent capturer, monter et dresser. Elle n'avait pas l'âge de comprendre ce qu'était un baiser que Birdie l'avait déjà embrassée en déclarant :

– Voilà. Ça signifie qu'un jour on sera mari et femme !

13

Pour commencer, elle l'avait cru parce qu'elle en avait envie. Puis elle avait continué, faute d'avoir trouvé autre chose à croire.

– C'est *là*, avait-il dit un jour en désignant un terrain inculte, derrière la maison de ses parents. C'est là que nous bâtirons notre maison et que nous la remplirons d'enfants de la cave au grenier.

Il avait écarté les bras pour illustrer ses paroles.

Pell l'avait fixé. Une maison pleine d'enfants ? Un seul coup d'œil à sa mère – avec son corps usé et déformé, ses problèmes de fuites urinaires et de varices, et ses seins pendant comme deux vieilles outres – lui faisait rejeter une telle perspective. Et, pire que la dégradation physique, il y avait la déception qui ronge le cœur, les corvées quotidiennes, la monotonie d'une telle existence...

Un travail épuisant, des épreuves à n'en plus finir, le vacarme de bouches à nourrir ? *Je n'en veux pas*, songeait Pell. *Jamais je n'en voudrai.*

3

En fin d'après-midi, ils parvinrent à un hameau constitué de quatre maisons de bois à toit de chaume, et de deux autres en torchis. Pell s'arrêta devant celle qui avait le plus joli jardin. Une fille de son âge y nourrissait de pâtée et de lait fermenté le cochon de la famille. Bien qu'elle eût l'air préoccupé, la fille prit le temps, quand elle vit Pell, de s'essuyer les mains sur son tablier et de poser son seau. Toutes deux se dévisagèrent. L'une se demandait qui était cette inconnue voyageant avec un enfant et un cheval blanc, et ce qu'elle venait faire ici. L'autre avait plaisir à regarder quelqu'un nourrir un porc, du moment qu'elle n'était pas contrainte de mener la même vie.

– Vous voyagez seule ? lui demanda la jeune fille.

Ce qu'elle pouvait constater de ses propres yeux aurait dû la dispenser de poser la question. Quand Pell désigna Bean, la fille sembla surprise.

– Quoi, ni père ni mari ?

Pell secoua la tête.

– Je n'ai pas de mari et je n'en aurai jamais.

Pell eut plaisir à prononcer ces mots.

La fille ouvrit toute grande sa bouche aux lèvres pincées puis, contre toute attente, esquissa un sourire. Elle offrit des pommes à Bean et à Jack, car elle en avait plein son tablier.

– Belle bête, dit-elle en contemplant Jack.

Dans un murmure, elle ajouta :

– Ce que tu es beau toi !

Puis, s'adressant à Bean :

– Tu t'appelles comment ?

La fixant sans ciller, Bean demeura silencieux.

– Il est faible d'esprit ou quoi ?

– Non, répondit Pell, blessée pour lui.

Alors elle expliqua qu'ils se rendaient à la foire aux chevaux de Salisbury pour y trouver du travail, tout en observant l'expression de l'autre fille. Les respectables demoiselles n'exprimaient pas leur intention de ne jamais se marier. Et encore moins de se rendre à Salisbury avec, pour toute compagnie, un garçon bizarre et un cheval.

On n'avait jamais rien entendu de pareil.

Le silence se fit et Pell s'apprêtait à reprendre sa route quand la fille tendit une nouvelle pomme à Jack, comme pour retarder de quelques instants leur départ. Le poney baissa la tête et la prit délicatement entre ses dents. Pell sourit et le laissa finir de manger avant de repartir. Il n'en traîna pas moins la patte. La fille suivit Pell des yeux. À croire qu'elle la désapprouvait d'affronter ainsi seule le monde, tout en regrettant de ne pas être à sa place.

Partout sur la route, ils dépassaient des fermes désertées pour les villes et leurs usines ou pour les chantiers de chemin de fer – et la promesse d'un supplément d'argent et d'une vie meilleure. Ils s'arrêtèrent devant l'une de celles-ci, une grange à l'abandon, et décidèrent d'y passer la nuit, dans un isolement total.

Bean se laissa glisser à terre pendant que Pell ouvrait son sac et en sortait la vieille couverture tissée dont elle comptait faire son lit. Elle découvrit, plié à l'intérieur, un beau châle délicatement tricoté. Grand, chaud, d'un marron tirant sur le noir, en laine d'agneau. Clairement un message de sa sœur signifiant que, faute d'un mari, elle en aurait besoin pour se tenir chaud sur cette terre.

Pell se demanda à quoi Lou avait deviné son secret. Ainsi en va-t-il des sœurs : la connaissance qu'elles ont l'une de l'autre crée un lien d'amour et de haine. Lou pourrait épouser Birdie maintenant que Pell avait pris la fuite. Leur mère y trouverait une source de satisfaction profonde et durable, y voyant la preuve que les déesses du destin avaient, comme elle, un faible pour Louisa – bien que ce ne fût certainement pas le cas.

Birdie serait prêt à épouser n'importe laquelle des deux sœurs, bien qu'elles soient aussi différentes l'une de l'autre que le feu et l'argile. Il avait besoin d'une épouse comme on a besoin d'un nouveau costume ou d'un hectare de maïs. Du moins, c'est ce que se racontait Pell.

– Viens là, Bean, dit-elle.

Elle l'enveloppa dans le beau châle en laine et l'installa sur une épaisse couche de paille, où il se blottit tel un veau et s'endormit aussitôt. Tout en l'observant, Pell s'imagina Lou en train de tricoter de ses doigts rapides, après avoir cardé et filé la laine. Pell supposait que Lou le lui avait confectionné pour son mariage, et elle lui en était bien reconnaissante à présent. Le garçon frissonna un peu dans son sommeil. Elle ne pouvait rien pour lui, hormis le recouvrir de davantage de paille et ajouter l'autre couverture pour qu'il ait plus chaud. Elle était certaine qu'il ne lui causerait aucun souci. Il n'exigerait rien, n'exprimerait aucun mécontentement face à ce qui se présenterait. Il était parti pour la même raison qu'elle : chez eux, il n'y avait plus rien pour lui. Elle attacha Jack et se ménagea une place à côté de Bean, afin que le châle les recouvre tous deux. L'odeur du petit garçon et de la laine soyeuse lui rappelait la maison – tout ce qu'elle aimait et qu'elle désirait fuir.

Ils avaient de la chance. C'était un endroit idéal, sec et douillet. Elle pleura un bon moment, serrant Bean contre elle. Bientôt ce fut le matin et cette première nuit loin de chez elle avait été presque aussi confortable que les précédentes. Peut-être même davantage, sans six personnes pour épier ses moindres faits et gestes.

4

Le jour se levait encore tôt en cette période de l'année. Ils se réveillèrent dans la caresse dorée de l'aube. Jack continua à somnoler pendant que Pell se frottait le visage à l'aide d'un mouchoir et, ayant peigné ses cheveux noirs, les rassemblait en une tresse épaisse lui retombant dans le dos. Sans doute ses efforts pour paraître respectable étaient-ils vains, gâchés par ses pieds nus et ses jambes hâlées par le soleil. Mais si les gens la prenaient pour une gitane, eh bien, elle gagnerait sa vie en leur disant la bonne aventure.

Son brin de toilette achevé, elle voulut coiffer Bean et lui nettoyer un peu le visage. Il secoua la tête et s'esquiva, si bien qu'elle renonça.

Ils repartirent, encouragés par la courbe que décrivait la route montant vers Salisbury. Peu fréquentée et trop étroite pour laisser passer un cheval et une charrette, elle résonnait du chant bruyant des oiseaux. Pell et Bean marchèrent dans l'ombre de chênes centenaires et traversèrent des bosquets de hêtres tachetés de soleil. Pell allait en tête, courbant l'échine afin d'esquiver les longues branches des mûriers en fleur. Pieds nus pour épargner ses bottes de cuir, elle foulait de soudaines flaques de soleil, tremblo-tantes et tièdes sur le sol craquant. Sursautant lorsque des sons inhabituels se faisaient entendre, elle se retournait pour balayer la piste des yeux. Même s'il lui semblait improbable que quiconque ait idée de les traquer par ici.

Comme ils voyageaient dans un silence presque total, le « cataclop » de Jack allant au trot devint aussi familier à Pell que le battement de son propre cœur. Ils croisèrent un fermier qu'elle connaissait vaguement. Or elle ne l'avait pas vu depuis une éternité. Entre-temps, son apparence était devenue celle d'une femme, ce qui valait tous les déguisements du monde.

– Bonjour ! lança-t-il. Belle journée !

Elle répondit à son salut. Peut-être le regard de l'homme s'attarda-t-il sur elle et sur le garçon. Peut-être s'étonna-t-il, mais rien de plus. La liberté de se sentir anonyme – après toutes ces années où chacun savait parfaitement qui elle était – avait quelque chose d'enivrant.

Ils firent halte dans un village où Pell dépensa quelques pennies pour acheter du pain à une femme qui vendait de grosses miches brunes à peine sorties du four et du fro-mage fait maison. La femme la jaugea.

– Vous faites quoi, seule sur la route ?

L'espace d'un instant, Pell se demanda si Bean n'était visible que d'elle seule.

– Je vais à Salisbury, répondit-elle.

– Pour y faire quoi ? rétorqua la femme.

Le teint pâle et le regard sombre de Pell masquaient son tempérament impétueux.

– Il n'y a pas de travail chez moi, dit-elle d'un ton calme, se retenant d'ajouter : *Et ce n'est que le début des ennuis...*

– Mmmm... fit la femme, sans cesser de scruter Pell.

Elle reconstitua l'histoire de la jeune fille à partir de détails : l'état de son cheval, la propreté de son visage, l'usure de sa robe-tablier, la bizarrerie de son frère. Au fil des ans, elle en avait vu défiler des destinées !

En déballant son paquet, un peu plus tard, Pell trouva, accolée à celle qu'elle avait achetée, une seconde grosse tranche découpée dans le fromage rond tout juste entamé. D'un jaune pâle et suintant, les deux morceaux avaient un goût de lait. Pell eut un élan de reconnaissance, face à cette générosité inattendue.

En début d'après-midi, une autre femme la rattrapa en courant pour lui demander, tout essoufflée, si elle aurait la gentillesse de poster une lettre pour elle, vu qu'elle passerait forcément devant la poste du village. Quand Pell eut accepté, la femme sortit une enveloppe de sa poche et la lissa, comme pour lui souhaiter de parvenir sans encombre à destination. Elle fourra le prix du timbre dans la main de Pell, lui expliquant que la lettre était pour son fils, à Londres.

Pell acquiesça en silence. Se rengorgeant, la femme précisa :

– Il y est allé pour chercher fortune !

À ces mots, Pell eut un pincement au cœur. Pour s'imaginer ce qui attendait ce garçon, elle n'avait qu'à repenser au fils des voisins. Revenu d'une année dans la grande ville plus maigre et plus affamé qu'il n'était parti, il leur avait

21

glacé les sangs avec le récit des mauvais traitements qu'il y avait subis.

Pell aurait aimé discuter davantage avec la femme, permettre à celle-ci d'exprimer plus longuement ses espoirs. Mais Bean se pencha en avant, poussa un petit cri à l'adresse de Jack, relâcha les rênes et fit repartir le cheval – obligeant Pell à suivre. Elle se retourna pour faire signe à la femme. Celle-ci restait plantée là, inquiète de voir la lettre disparaître de son champ de vision.

Pell regarda à nouveau droit devant elle. Puis elle ferma les yeux. Une image de la foire de Salisbury s'imposa à son esprit, sans rien au-delà.

5

En milieu d'après-midi, ils avaient atteint la grand-route. Un flux clairsemé d'êtres humains se dirigeait vers la foire de Salisbury. Ceux-ci provenaient de toutes les directions, en roulottes, charrettes de ferme, cabriolets ou à pied. Par petits groupes qui jacassaient, ou bien seuls et traînant de lourds chargements. Au fil de la journée, le flux clairsemé devint une rivière, la rivière un fleuve. Beaucoup menaient des chevaux en ville, en nombre ou par paires. Pell se réjouissait que Jack ne soit pas du genre à ruer. Tout au plus hennit-il une ou deux fois quand ils croisèrent des juments qui lui plaisaient.

Il devenait difficile de se frayer un chemin dans la foule. Quand un jeune fermier trapu qui faisait reculer son cheval heurta Jack, Pell se retourna en souriant, s'attendant à recevoir ses excuses. Au lieu de quoi l'homme se pencha vers elle et murmura dans un rictus :

– Tu vends quoi, toi ?

Pell se sentit rougir jusqu'aux oreilles. Serrant la bride de Jack, elle se faufila un peu plus loin, au milieu d'une salve de protestations. Derrière elle, le fermier eut un ricanement déplaisant. Pell s'efforça de le chasser de son esprit en reportant son attention sur le joyeux spectacle des chevaux destinés à la vente. Ils étaient transportés, montés ou menés à la main. Les uns gracieux comme des dieux ; les autres, vieux et fourbus, mûrs pour l'abattoir. Il y en avait des gris, des bais, des alezans et des rouans. Nez romains, poitrails épais, garrots hauts et osseux... Pour la plupart, de braves bêtes solides à la recherche d'un bon foyer, près de quelqu'un qui ne les tuerait pas au travail et les nourrirait correctement. Leurs désirs ne différaient pas de ceux des hommes. Il s'agissait pour une bonne moitié de cobs irlandais, à la robe éclaboussée de noir, de marron et de blanc, à la tête bombée, et aux jambes touffues. Mais parmi tant de bêtes semblables, il y en avait dont la tête ou la démarche attirait l'œil et semblait dire : « Regardez-moi ! »

Jack faisait bonne figure parmi ces derniers, songeait Pell. Ils traversaient un village et franchissaient un étroit pont de bois, quand elle se retrouva à chevaucher auprès d'un homme d'âge mûr. Au bout de quelques instants et après lui avoir jeté un ou deux coups d'œil en biais, il se risqua à lui adresser la parole.

– C'est un bien beau poney que vous avez là, mademoiselle.

Regardant droit devant elle, Pell fit celle qui n'avait rien entendu. Seulement, l'homme ayant dit cela d'une voix aimable, l'ignorer ne paraissait pas correct. Pell acquiesça donc très discrètement.

– Vous le menez à la foire ?

Derrière Pell, Bean tendit le cou pour fixer l'homme, qu'il encouragea d'un sourire.

Celui-ci lui sourit en retour.

– Ce serait dommage de le vendre, pas vrai ? (C'est à Bean que s'adressait la remarque.) À moins que vous ne veniez acheter ?

Droite comme un I, menton dressé, Pell poussa Jack à aller de l'avant. Bean se tourna vers l'homme et secoua la tête.

L'homme calqua son allure sur la leur.

– Puis-je vous demander, alors, la raison de votre venue à Salisbury ?

– Non, répondit Pell d'un ton revêche.

Bean et l'homme éclatèrent de rire. Vaincue, Pell évalua ce dernier du regard. À sa livrée verte immaculée, elle devina qu'il était au service d'une grande maison. Le visage rond et avenant, monté sur une élégante jument alezane, il menait à la foire une paire de chevaux bais au long cou et à la tête délicate. Les trois bêtes exigeaient une grande attention, et il fallait être un sacré cavalier pour chevaucher à la même allure que Jack.

Pell était prête à gentiment rabrouer l'homme pour mettre un terme à la conversation. Mais ce ne fut pas nécessaire. Car c'est alors qu'une jeune femme, juste devant eux, agita un grand mouchoir blanc pour attirer l'attention d'une amie. À cette vue, la jument volta, les yeux exorbités. N'importe quel autre cavalier serait tombé, songea Pell face au sang-froid de son interlocuteur, et à la manière dont il s'adaptait au tempérament du cheval, gardant son calme et ne se penchant pas vers la bouche de sa monture pour se remettre d'aplomb. C'était une bête craintive, du genre à avoir peur de son ombre et n'ayant cure de le cacher. Bean gloussa.

– Vous faites bien de vous débarrasser d'elle, dit Pell, supposant que pas mal d'argent avait dû être gâché sur cette jument et le serait encore.

L'homme la fixa, heureux de lui avoir enfin soutiré quelques mots.

– Oui, mais regardez-la bien. Il se trouvera toujours quelqu'un pour vouloir une aussi belle bête – et pour être disposé à la prendre telle quelle.

– Elle est aussi capricieuse que le destin, murmura Pell.

L'inconnu hocha la tête. Et ajouta à voix basse, comme s'il s'adressait à la jument :

– Sur ce point-là, vous avez raison. La pauvre, ce n'est pas sa faute. Elle a fait une sale chute avec un mauvais cavalier qui lui a mal fait sauter une barrière. Après ça, comment dire à un cheval de se calmer et de vous faire confiance ?

– Faut lui dire, c'est tout.

L'idée sembla amuser l'homme.

– Allez-y, alors !

Pell s'avança jusqu'à parvenir au niveau de la tête de l'animal. Puis, se penchant, elle lui chuchota à l'oreille :

– C'est terminé maintenant...

– Desdémone.

Pell parut surprise.

– Une épouse très injustement traitée, dans une pièce de William Shakespeare, dit l'homme, haussant les sourcils. À ce qu'on m'a raconté.

Pell éclata de rire.

– D'accord... C'est terminé maintenant, Desdémone. Tu ne tomberas plus jamais.

La jument pointa les oreilles pour mieux entendre la voix de la jeune fille. Pell se tourna à nouveau vers l'homme.

– Vous voyez ? C'est ce qu'elle voulait entendre.

L'homme rit gentiment.

– Mais qui sait si vous lui avez dit la vérité ? Ça dépend de celui qui l'achètera, et de la manière dont il la montera.

– Dans ce cas, répliqua froidement Pell en le fixant droit dans les yeux, elle a parfaitement raison d'être nerveuse, pas vrai ?

Son interlocuteur s'esclaffa, content qu'elle ait eu le dernier mot.

Pell remarqua qu'il était plutôt bel homme – ou du moins devait l'être, pour les filles qui se souciaient de ce genre de choses.

Une fois la confiance établie, ils chevauchèrent côte à côte, tels deux compagnons. Ils discutèrent chevaux, tous deux apparemment intarissables sur le sujet. Quand l'homme fit pivoter Desdémone pour aller demander une chambre au *Queen's Head*, Bean scruta le visage de Pell comme s'il voulait y lire quelque chose. N'y trouvant rien, il baissa les yeux, découragé, pour des raisons qu'il gardait en lui.

6

Quatre murs d'argile et deux fois moins de pièces, sombres et basses de plafond, constituaient le lieu que Pell appelait sa maison. Son père l'avait bâtie de ses propres mains avant son mariage, taillant les briques directement dans le sol et les empilant afin de former des murs suffisamment épais pour empêcher le vent et la pluie – mais aussi la lumière et la chaleur du soleil – d'y pénétrer. Le tout, recouvert d'une toiture en bruyère, roseaux et boue, finit par ressembler à une motte, presque invisible en lisière du hameau de Nomansland, lui-même blotti à l'extrême limite de la New Forest et donnant l'impression d'être à tout moment sur le point de dégringoler la colline pour atterrir dans le Wiltshire.

Ces murs de gravats et de paille blanchis à la chaux avaient parfois du charme, en été, quand le chèvrefeuille et les roses sauvages couraient sur la façade et que les coquelicots, les digitales et la monnaie-du-pape surgissaient de partout, des bords de fenêtres au moindre coin de terre. Mais l'intérieur de la demeure était humide, délabré et perpétuellement imprégné d'une odeur de fumée. Si bien que les hivers n'étaient qu'une longue succession de maladies des bronches quasi fatales. Il y avait une chaise en chêne que sa mère tenait de ses parents et une pendule, cadeau de mariage d'une tante décédée, qui ne conféraient plus guère la moindre impression de confort bourgeois.

« Les seules heures méritant qu'on y prête attention », avait rugi Joe Ridley au début de leur mariage, une nuit qu'il était soûl, en renversant d'un grand geste la pendule qui trônait au-dessus de l'âtre, « sont les heures que Dieu concède à l'homme afin qu'il puisse se soumettre à Sa volonté ».

La pendule avait atterri sur le sol avec un craquement déchirant, et la mère de Pell s'était empressée de ramasser le malheureux objet brisé et de le cacher.

Une pièce en bas avec âtre et cellier, et une autre en haut : c'est tout ce que son père était parvenu à ériger, vingt ans plus tôt, quand ni l'argent ni l'alcool ne coulaient à flots, et qu'il espérait encore convertir le monde à sa foi et convaincre la mère de Pell qu'elle n'avait pas fait, en l'épousant, la pire erreur de sa vie. Les signes étaient pourtant là, si elle avait bien voulu y prêter attention : les plafonds bas, les murs pas assez droits pour supporter des fenêtres dignes de ce nom, la cheminée en paille et terre qui prenait feu les nuits de grand vent. Et des nuits de grand vent en veux-tu en voilà.

En haut, il n'y avait pas d'âtre. Mais le conduit de cheminée passait par le coin de la chambre où dormait sa mère. Les glaciales nuits d'hiver, quand le vent et la pluie crasseuse filtraient à travers le chaume et que leur père s'était écroulé à l'auberge, ivre mort, les fillettes se glissaient l'une après l'autre dans le lit conjugal. Lorsque leur père ronflait sous leur toit, elles s'emmitouflaient dans des couvertures à même le sol et restaient jusqu'au matin blotties les unes contre les autres, autour de la chaleur de la cheminée.

À côté de l'âtre se dressait une table grossièrement taillée, au pourtour gravé de roses. Le cadeau de mariage de Ridley à cette jeune épouse dont les parents le détestaient déjà pour ses opinions sans éprouver le besoin de saisir précisément en quoi elles consistaient. Ils avaient l'œil pour déceler ceux qui, parmi les candidats au mariage, feraient de bons maris et savaient qu'une passion pour Dieu et un semblant de charme dissimulaient à peine une faiblesse abyssale.

Assez grande pour huit, la table était bancale, du fait de ses pieds inégaux et du sol bosselé – deux détails qui condamnaient Ridley.

Au cours de la décennie suivante, sa femme lui donna assez d'enfants pour constituer une tablée. La première fois, elle avait étouffé ses cris. Après cela, elle les avait expulsés l'un après l'autre avec une résignation silencieuse. Le prédicateur était fier de sa femme et de son refus de mourir en couches, en dépit des nombreux problèmes pratiques que suscitait sa fertilité. Il y avait de quoi s'enorgueillir d'une épouse aussi endurante, comme d'une poule qui pondrait trois saisons sur quatre, et Ridley ne se privait pas de lui imposer le devoir conjugal, parfois par la force. George, James, John et Edward suivirent Pell et Lou. Après eux vinrent Sally, Fran et Ellen. Neuf enfants, plus Bean. Quatre d'entre eux gisaient sous terre, dans le cimetière de Lover.

À peine marchaient-ils que les gamins allaient travailler, chacun en fonction de ses aptitudes et de ses inclinations.

Lou, Sally et Ellen à la maison avec leur mère ; Pell sur la lande avec Birdie. Plus tard, Frannie l'avait imitée, montée sur un poney pas plus gros qu'un chien. L'aspect de ces deux groupes de fillettes différait du tout au tout : les trois premières étaient toujours soignées, se mettant tous les soirs des bandes de tissu dans les cheveux pour les boucler ; les deux autres, vêtues de haillons telles des sauvageonnes, avaient les jambes hâlées et les cheveux épais et emmêlés comme une haie d'aubépine.

Edward aurait pu faire de brillantes études, s'il avait eu la bonne idée de naître ailleurs que dans cette famille-là. On le trouvait souvent à moitié caché parmi les herbes hautes, à lire ou à s'entraîner à écrire. Les filles riaient de lui sans méchanceté.

– Viens te balader avec nous ! lui criait Pell, juchée sur son cheval et faisant à tous l'effet d'une centauresse, avec ses jambes dénudées et sa tignasse en bataille.

Levant les yeux, Edward la gratifiait d'un regard admiratif et, plaçant l'index à la verticale sur ses lèvres, la priait de ne rien dire. Ce n'était pas la peine. Elle ne l'aurait jamais dénoncé à leur mère, à leur père, à Lou ou à quiconque susceptible de le mettre au travail.

Les fils aînés semblant avoir hérité des appétits de leur père, les parents des jeunes filles de Nomansland veillaient âprement sur leur progéniture. Néanmoins, en dépit des proscriptions, on savait que telle ou telle fille, au village, avait passé au fond d'une clairière ou d'une grange un agréable après-midi à savourer, sur sa peau, le contact des lèvres de George, de James ou de John.

En riant, George suppliait la sœur de Birdie :

31

– Embrasse-moi, fille sans cœur !

Puis, sans attendre sa réponse, il lui relevait sa robe-tablier au-dessus de la taille, tandis qu'elle protestait faiblement et prononçait son prénom en haletant. Ce n'étaient que des gosses, n'empêche que, quand il avait découvert ce petit jeu, le père de la demoiselle avait collé une sacrée rouste à celle-ci. Puis il s'était entretenu avec le fils Ridley, en privé. Par la suite, bien que les deux familles habitassent à deux pas l'une de l'autre, la fille et le garçon ne s'étaient plus jamais adressé la parole.

Dès qu'ils furent assez grands pour ça, les garçons déménagèrent dans la grange, où ils avaient davantage d'espace et ne risquaient pas d'entrevoir le moindre centimètre de chair féminine. Sur ce point, le prédicateur était catégorique : pas d'obscénité sous son toit. Il tolérait la pauvreté, la violence, l'ivrognerie, la faim et la maladie, mais voir exposer le moindre bout de peau était pour lui inacceptable. Non que cela risquât beaucoup de se produire, l'usage de se changer pour la nuit étant réservé aux foyers plus aisés.

C'était une famille aux membres enchevêtrés pour le meilleur et pour le pire, un méli-mélo d'enfants attachés les uns aux autres par l'amour et la jalousie, se disputant tout ce sur quoi ils mettaient la main – de la nourriture, une paire de bottes, des sous-vêtements non troués, un châle, un quignon de pain, une parole gentille de leur mère. Chaque acquis s'élevait au rang de trésor, en des temps si difficiles qu'on aurait donné sa vie pour une demi-cuillerée de jus de viande ou pour une semelle ne permettant pas de voir au travers. Mais, habitués qu'ils étaient à vivre dans de telles conditions, tout cela leur paraissait normal.

7

Pell et Bean se rapprochaient de Salisbury, sur une voie traversant un paysage de taudis sur près d'un kilomètre. Au-delà des murs de la ville, vers le nord, Pell voyait la flèche dentelée de la cathédrale se dresser vers les cieux tandis qu'ici-bas, sur la terre, des eaux usées à l'odeur fétide s'accumulaient dans les fossés de bord de route. Les charretiers tuaient les bêtes boiteuses ou épuisées à l'endroit même où elles s'effondraient, puis les apprêtaient, les pendaient et les vendaient sur-le-champ pour éviter d'avoir à les transporter en ville. Là où des volatiles avaient été tués, des plumes épaississaient le fleuve de sang et, où que vous portiez les yeux, un rat traversait votre champ de vision. Des femmes et des enfants crasseux se tenaient près de la route, regardant défiler les gens. Certains vendaient des bouquets défraîchis de menthe ou de persil, de la bière de gingembre ou des tourtes à la farce douteuse. Un chien de berger lapait le liquide infect.

Quand un long chariot tiré par huit chevaux fendit la foule, son chargement de tonneaux tanguant de façon inquiétante au gré des profondes ornières, Jack trébucha et glissa dans le fossé. Pell réussit à le stabiliser. Mais en s'extirpant de la tranchée, les jambes roses de sang jusqu'au genou, l'animal éclaboussa le pantalon immaculé du cavalier distingué qui passait près d'eux.

– Maîtrisez votre cheval, au nom du ciel ! cria l'homme, sans se donner le mal de dissimuler son dégoût.

Il eut un ricanement méprisant puis, tirant de sa poche un beau mouchoir en lin, épongea la tache répugnante.

– Laisse tomber, fit remarquer son compagnon. Inutile de gâcher en plus une paire de gants.

L'espace d'un instant, Pell se vit par leurs yeux à eux – ses vêtements usés et rapiécés, l'allure trapue et campagnarde de Jack en comparaison de leurs montures, Bean et son étrange regard aux aguets... Elle eut honte, en dépit de sa conviction que ces hommes n'étaient ni plus courageux ni plus intelligents qu'elle. Juste favorisés par la naissance.

Les chevaux étaient attachés par groupes de deux ou trois dans les boxes de toutes les auberges qu'ils dépassaient, tandis que leurs propriétaires s'entassaient dans les greniers à foin au-dessus de la cuisine, ou près des caves à légumes, bref partout où l'on pouvait en caser quatre dans un seul lit, et leur faire payer ce privilège. Non que Pell eût l'intention de dormir dans un de ces établissements, avec sa bourse quasiment vide.

Bean et elle firent halte devant les portes de la ville, dans une zone peuplée de poneys et de chariots. Ils se trouvèrent un petit coin libre et venaient à peine de s'y installer quand il se mit à pleuvoir. Avec un soupir, Pell roula leurs couvertures et entraîna Jack et Bean vers un bosquet où ils pourraient se protéger du gros de l'averse. Dépenaillés et trempés jusqu'aux os, ils restaient là, à fixer un rectangle d'herbe et de boue foulée au pied, en regrettant de n'être pas ailleurs. Tout autour d'eux, des familles de gitans dans des tentes et des roulottes bâchées allumaient des feux et se hélaient les uns les autres dans une langue brusque et inintelligible. Leurs traits durs et pleins d'assurance effrayaient Pell.

Au bout d'une demi-heure, une fillette maigrichonne émergea, ruisselante, du rideau de pluie. Elle tira sur la manche de Pell.

– M'man dit que vous devez venir avec nous.

Regardant ce que désignait le doigt crasseux de la gamine, Pell vit une gitane aux pommettes saillantes et à l'épaisse tignasse rousse, mince comme un lévrier. Sa roulotte à la bâche rapiécée paraissait à peine plus engageante que la perspective de passer la nuit sous l'averse.

La femme dévisagea Bean. Pell hésita un instant, se demandant ce que cachait cette proposition, et s'ils ne feraient pas mieux de demeurer sous la pluie. Les enfants Ridley avaient été mis en garde dès le berceau contre les gitans, et contre leurs roulottes et leurs esprits dégoûtants. Le père de Pell considérait tout rapprochement avec cette race de barbares comme une abomination.

Mais le déluge ne paraissant pas faiblir et sa robe et ses cheveux dégoulinant d'eau, les considérations pratiques l'emportèrent. Elle remercia la femme d'un hochement de tête et mena Jack vers la roulotte bâchée, où la gitane le prit par la bride et l'attacha à côté de son propre cheval, sous une toile de fortune. Pressé contre le massif cheval de trait, à l'abri de la pluie battante, Jack hennissait de satisfaction tandis que Pell essorait ses vêtements du mieux qu'elle pouvait et suspendait les couvertures au-dessus d'un petit poêle en fer produisant une chaleur purement symbolique. Les affaires finiraient bien par sécher.

La pluie cessa et, comme si on leur en avait donné le signal, une flopée de petits gitans surgirent de la caravane. L'une des grandes filles alluma un feu sous une marmite à trois pieds. Lorsque le contenu se mit à bouillir, elle en versa des louchées dans des bols. Pell scruta la soupe en la passant aux autres mais n'y remarqua rien de louche, hormis des navets, de l'ortie et des oignons. Elle chercha Bean du regard. Accroupi sous la roulotte avec la fillette maigrichonne, il titillait un gros crapaud à l'aide d'un bâton. Silencieux, les deux enfants avaient le même teint pâle, les mêmes grands yeux noirs. Dans le faible éclairage, on aurait cru voir une seule personne et son reflet dans un miroir.

Se remémorant les règles de la politesse, Pell se tourna vers la gitane et se présenta. La femme hocha la tête.

– Esther, dit-elle, avant de désigner les enfants. Et voici Elspeth, Eammon, Errol, Evelina et Esme. Tous du même père, précisa-t-elle avec un sourire triste.

Pell examina la série de visages semblables. Les enfants lui rendirent son regard, sans trahir la moindre émotion. L'aînée, à qui elle donnait dans les douze ans, avait les hanches et la poitrine d'une femme. La cadette, Esme, était à peine plus grande que Bean. Comme lui, elle avait les traits prématurément vieillis par la faim.

– C'est votre fils ? demanda Esther en désignant Bean.

– Mon frère.

Esme émergea de derrière la roulotte, suivie par Bean, qu'Esther saisit et tint à bout de bras. Elle le dévisagea avec une étrange intensité, jusqu'à ce qu'il parvienne à se dégager. Puis, se tournant, il les fixa à nouveau.

Le regard pénétrant d'Esther allait de Pell à Bean.

– Vous avez les mêmes père et mère ?

La question surprit Pell.

– Non. Papa l'a ramené quand il était bébé. De chez une paroissienne trop pauvre pour l'élever.

Esther acquiesça.

– Il lui arrive de parler ?

Pell secoua la tête.

– Un muet dans la famille, on prétend que ça porte bonheur. Qu'il prend sur lui toute la malchance, du moins c'est ce qu'on dit.

– À lui, ça ne lui porte pas bonheur, alors.

– Non, répliqua Esther avec un rire abrupt. Vous avez quelque chose pour les petits ?

Pell plongea la main dans son sac et en tira le reste du pain, que la femme fourra aussitôt dans la grande poche de son tablier. Une fois le repas fini, Pell put plus aisément observer la roulotte et juger de son état. Il y faisait bon et il y flottait l'odeur musquée d'une trop nombreuse nichée. Et quand Pell s'assura (certes bien tard) qu'aucun homme menaçant n'était tapi dans un coin, elle n'y vit que des piles d'affaires en désordre.

Les assiettes étaient rincées dans un seau d'eau de pluie, à l'extérieur de la roulotte, dans laquelle les enfants revenaient à présent un par un. L'aînée, Elspeth, dominait le groupe. Les autres s'installèrent côte à côte sur des sacs de jute remplis de paille, certains tête-bêche. À la surprise de Pell, Bean se glissa parmi eux. Sa tête reposait sur le bras chétif d'Esme et il paraissait plus en paix qu'il ne l'avait jamais été depuis leur départ de Nomansland. Pell prit conscience qu'elle ne pouvait, à elle seule, se substituer à leur grouillant foyer, et se demanda ce qu'avait coûté à Bean sa décision de la suivre.

Elle se fit une place dans un coin de la roulotte, entre les casseroles et les cocottes, s'enveloppa dans son châle, coinça son porte-monnaie sur le devant de sa robe et s'installa pour dormir. Le goutte-à-goutte de la pluie tambourinant sur la toile ne la dérangeait pas. Elle était quasiment sèche, et il lui suffisait de soulever la toile de quelques centimètres pour murmurer des choses à Jack qui, pour toute réponse, soufflait un peu par les naseaux.

Pell s'endormit aussitôt. Quand elle se réveilla, plus tard dans la nuit, Esther ronflait en face d'elle, un enfant qui marmonnait doucement pressé contre elle. Pell songeait combien il était étrange d'échanger une famille pour une autre, et s'étonnait du naturel avec lequel elles avaient engagé la conversation.

Juste avant le lever du jour lui parvint l'odeur des feux de camp, le brouhaha des voix, le vacarme des marmites s'entrechoquant, des roulottes se mettant en branle, des hommes s'apprêtant à retirer les piquets du sol et à repartir. Pell secoua la tête et jeta un coup d'œil à Bean et à Esme, dont la position n'avait pas changé depuis la veille. Puis elle sortit dans l'air humide afin de saluer Jack. Il semblait de bonne humeur au terme d'une nuit au sec – un luxe pour un cheval ayant passé sa vie à affronter les rafales.

Partagée entre la reconnaissance et l'égoïsme, Pell sortit le morceau de fromage qu'elle avait gardé pour plus tard, et le divisa entre les enfants au petit déjeuner. Ils l'engouffrèrent, voraces comme l'hermine, et fixèrent sur Pell des yeux avides.

Au lever du soleil, la famille de gitans éteignit le feu de camp et rangea les affaires dans la roulotte. Pell n'avait pas fini de boire son thé qu'ils mettaient déjà les voiles. Elle s'émerveilla de leur capacité à quitter si rapidement un endroit et se demanda quelles circonstances l'avaient favorisée. Le regard de Bean allait de Pell à Esme – cette nouvelle amie qu'il n'était pas pressé de quitter. Quand Esther leur proposa de les retrouver plus tard, devant la cathédrale, Pell accepta. Bean courut à côté de la roulotte en faisant des signes d'adieu – jusqu'à ce que celle-ci entre dans la ville par la grande arche de pierre avant d'être avalée par la foule.

8

À peine avaient-ils su marcher que les fils Ridley s'étaient fait embaucher comme employés agricoles. À tour de rôle, ils suivaient leur père de village en village, l'épaulant malgré eux en sa qualité de prédicateur. Edward se cachait chaque fois que leur père était chez eux, préférant prendre une rouste que l'accompagner quand il partait prêcher.

À la maison, avec leur mère presque constamment alitée, Lou et Ellen étaient chargées des travaux de cardage et de tricot, de la vannerie (pour les chapeaux et les paniers), de la cuisine, du rapiéçage, du barattage, de la fabrication du fromage et de la préparation du pain. De ses doigts agiles, Bean confectionnait des nattes qui se vendaient bien au marché tandis que Sally, boiteuse de naissance, restait assise à tricoter, ses doigts boudinés comptant et recomptant les mailles de délicats bas de laine, corsages ou sous-vêtements.

Pell et Frannie ramassaient le bois pour la cheminée, allaient chercher l'eau au puits, s'occupaient de la vache et du cochon, quand elles n'étaient pas sur la lande à tondre, à traire ou à garder les troupeaux du père de Birdie.

Vu la quantité de choses que Pell et les garçons avaient apprises dehors et tout ce que Lou, Ellen et Sally produisaient sous leur toit, le garde-manger serait rempli de provisions pour l'hiver : fruits au sirop, pommes disposées dans des cageots, pommes de terre cultivées sous la paille, lard suspendu, et farine de maïs laborieusement moulue à la main pour ne pas avoir à payer le meunier. Mais ils avaient beau cueillir, conserver dans la saumure ou le vinaigre, mettre en bouteilles ou en conserve, il n'y avait jamais assez pour les nourrir tous pendant les hivers longs et froids, si bien que chaque enfant naissait avec la faim au ventre − faim à laquelle ils ne prêtaient même plus attention.

− Regarde ce que je t'ai rapporté ! cria Frannie à Sally un beau jour de printemps, en déboulant dans la cuisine.

Elle serrait contre elle un panier plus gros qu'elle, rempli de laine.

Sally examina la laine brute, la touchant d'un doigt dégoûté.

− Je la prendrai quand elle sera nettoyée, dit-elle, les sourcils froncés, en tournant le dos à sa cadette.

− En plus de les attraper et de les tondre, faut aussi que je lave la laine ? ricana Frannie. Je veux bien qu'on échange nos tâches !

− D'accord, vas-y ! déclara Sally en lui jetant un bas à moitié tricoté à la figure.

Frannie ramassa l'ouvrage et le considéra : il était parfait, pas une seule maille de sautée... À son honneur, elle déclara aussitôt forfait.

– Mes bas nous rendraient tous boiteux ! assura-t-elle dans un gloussement, avant de filer dehors sans un regard en arrière.

Et c'est ainsi que Sally se retrouva avec un tas de laine graisseuse. Elle souleva le lourd panier avec un soupir et, en boitillant, sortit de la maison pour se diriger vers la grange. Là, elle trouva Lou et Ellen qui barattaient la crème du lait. Lou jeta un coup d'œil au contenu du panier.

– Qu'est-ce qu'on est supposées faire avec *ça* ?

Elle passa un doigt sur la laine crasseuse.

– Faudrait que Frannie la nettoie.

– Ouais, pour sûr qu'elle le fera ! Quand les agneaux et les poulains seront nés, sevrés, et suffisamment grands pour se débrouiller seuls. Et alors, si on est encore en vie et qu'on n'a pas oublié comment s'y prendre, on s'y collera peut-être.

– Elle dit qu'elle aimerait mieux faire mon travail, qui est plus facile, lança Sally avec une moue boudeuse.

Lou lui donna un baiser.

– C'est pas grave, mon trésor. Elle aimerait aussi être un garçon et là aussi, elle est loin du compte.

Ellen les observait avec attention. Des enfants, seul Bean était plus jeune qu'elle. La discrétion constituait son trait de caractère essentiel. Parmi la mêlée de ses frères et sœurs, Ellen répugnait à revendiquer son territoire, à provoquer une bagarre ou à prendre parti dans une querelle. Douce là où Frannie était anguleuse, lente là où Sally était brusque... Lou l'aimait pour son regard rêveur, et la gardait près d'elle.

42

En l'absence d'un parent attentionné, Lou était aux petits soins pour les plus jeunes, les consolant et leur apprenant ce qu'elle possédait de compétences et de bonnes manières. Essentiellement grâce à ses efforts, il arrivait – pour peu qu'il y ait des poneys au jardin, des prunes sur la table, du soleil sur le mur de devant et que leur père et les garçons soient partis travailler à un jour ou à une semaine de marche de chez eux – que le bonheur s'attarde un instant au-dessus du cottage. Le peu de joie dont toutes avaient le souvenir était lié à la basse, la traînante, la vacillante lumière des longs soirs de juin, quand les tâches étaient accomplies et qu'il n'y avait rien d'urgent à faire si ce n'est tricoter, discuter, ou chevaucher à travers la lande.

Par les soirées d'hiver, lorsqu'il n'était pas ivre – et, parfois, lorsqu'il l'était – le père enseignait à ses fils la lecture, les évangiles, l'histoire, le calcul et leur apprenait à prêcher devant une assemblée imaginaire. Parmi les garçons, seul Edward avait soif d'éducation. George et John faisaient la grimace et se pinçaient, James aurait préféré être n'importe où ailleurs. Quant à Pell, tournant le dos à son père et tressant la paille pour en faire des chapeaux, elle repassait les leçons dans sa tête.

Leur mère ne se souciait pas qu'ils soient éduqués. « Ça rend les garçons trop intelligents pour servir à quelque chose », disait-elle. « Et les filles impropres au mariage. » N'en était-elle pas elle-même un parfait exemple ? Ignorante comme un chardon, mariée à un ivrogne et pondant bébé après bébé – tous devant être nourris et vêtus jusqu'à ce qu'ils aient l'âge de quitter la maison, à moins de mourir

43

avant. Nul, dans la paroisse, n'était ce qu'on pourrait appeler riche. Quand Pell eut dix ans, Lou et elle étaient devenues expertes dans leurs efforts – aussi vains que bercés d'espoir – pour joindre les deux bouts. Tous les gosses de Nomansland partageaient cette spécialité, laquelle leur avait été enseignée par leur mère – qui la tenait elle-même de sa mère.

Seuls les poneys ne venaient jamais à manquer. Et comme les Finch avaient droit de vaine pâture, c'est à eux que revenaient le privilège et la responsabilité de s'occuper des bêtes : les constituer en troupeaux, les marquer, les vendre quand les affaires marchaient, et leur trouver assez à manger pour les garder en vie par les temps difficiles. Mais tous les chevaux nécessitaient des soins des pieds et ceux qui travaillaient avaient besoin de fers – si bien que William Finch et les autres maréchaux-ferrants du coin avaient plus de travail qu'ils n'en pouvaient accomplir.

C'est pourquoi le père de Birdie avait engagé celles qui, des filles Ridley, étaient disponibles. Et sans se faire prier car, non contente de coûter moins cher que des garçons à leur employeur, elles mettaient davantage d'ardeur à la tâche. Au fil des ans, néanmoins, cette décision devait finir par le mettre mal à l'aise. Car il avait beau avoir une progéniture de cavaliers émérites, issus d'un lignage remontant à dix générations, William Finch ne pouvait s'empêcher de constater que ceux des enfants qui apprenaient le plus vite, travaillaient le mieux, et présentaient les aptitudes les plus remarquables n'étaient pas les siens.

9

Une fois dans la ville, Pell et Bean bataillèrent avec la moitié de la population pour traverser des routes encombrées par l'autre moitié. Partout, de féroces petits chiens couraient frénétiquement dans tous les sens, en grognant et en mordillant les jarrets des moutons et des bovins afin de les empêcher de dévaler, affolés, la grand-rue en pente. Jack dressait les oreilles, secouait la tête et faisait des pas de côté. Il y avait une telle profusion de choses à voir : tant de gens, de variétés de pain, de fromages, de tourtes, de bière ou de sucreries ; tant de vauriens, de tricheurs, de joueurs, de vagabonds, d'opportunistes, de forains et de femmes de petite vertu. Salisbury avait de quoi déconcerter un cheval de ferme. Jack aurait voulu se précipiter la tête la première dans le chaos et s'y fondre.

On aurait dit que tout le monde chevalin s'était donné rendez-vous à la foire. Des hommes menaient, par groupes de deux ou de quatre, des chevaux de trait harnachés de cuivre poli et de cuir luisant, des juments poulinières allaitant encore leurs petits, et des étalons destinés à la reproduction. Et il y avait toujours un jeune garçon pour galoper à bride abattue – laquelle consistait en une simple corde – et faire fuir, sur son passage, toutes sortes de créatures saisies de panique. Pell vit un enfant manquer, à un centimètre près, d'être broyé par les roues d'une charrette tandis qu'un gros et beau taureau blanc aux naseaux percés d'un anneau et paraissant aussi docile qu'un agneau se tournait subitement pour éventrer un cheval de trait – lequel poussa un hurlement. Parmi les jeunes garçons, certains acclamèrent le taureau alors que les entrailles du malheureux cheval s'échappaient de sa blessure et que l'horrible puanteur des organes parvenait à Pell par effluves si puissants qu'elle avait l'impression d'en sentir le goût dans sa bouche. La rixe qui s'ensuivit, attisée par le sang et la boue, promettait de faire d'autres morts.

Elle arrachait Jack à ce spectacle lorsque son père entra dans Salisbury par la porte Sainte-Anne, à la recherche de ses enfants fugueurs. Ils passèrent à vingt mètres les uns des autres, de part et d'autre de la tente rayée du marchand de porridge – Pell et Bean se dirigeant vers la cathédrale, Joe Ridley vers la taverne la plus proche.

Sur le parvis de la cathédrale, parmi les chevaux agités et les enfants aux airs de vieillards, Pell trouva Esther campée près d'un couple d'âge mûr, avec un cob aux pieds tournés vers le dehors, attaché à un vieux chariot. L'espace d'un instant, elle s'interrogea : pourquoi Esther avait-elle choisi de s'arrêter là, loin du campement gitan ? Mais presque aussitôt, cette pensée la quitta, comme dissoute dans l'air enfiévré.

Tenant Jack par la bride, Pell demanda au couple âgé la permission d'occuper l'emplacement voisin du leur. Ils acceptèrent, émus par sa jeunesse et pris de pitié à la vue de cet enfant qu'ils pensaient être le sien et l'absence de mari à ses côtés. Ils se réjouissaient de voir une jeune fille s'installer entre leur caravane et celle des gitans, en dépit des questions qu'on pouvait se poser sur l'enfant sans père. M. et Mme Bewes – c'est ainsi qu'ils se présentèrent – étaient enchantés de faire sa connaissance.

– Et voici Bean, dit Pell, le lâchant enfin tandis qu'il se débattait, pressé d'aller rejoindre sa nouvelle amie.

– Un prénom peu commun, nota la femme en fronçant les sourcils. Vous l'avez appelé comme son papa ?

Elle tâtait le terrain, désireuse d'en apprendre davantage.

– Non, répliqua Pell.

Mais elle se ravisa et sourit, ne souhaitant pas faire naître des soupçons alors qu'elle avait tant besoin d'amis.

– C'est mon frère. Le plus jeune de cinq.

– Cinq frères ! s'extasia Mme Bewes, les mains crispées sur sa poitrine. Quelle bénédiction pour votre pauvre chère maman !

Pell préféra ne pas s'étendre sur le sujet.

– Et vous êtes venue acheter un cheval ? Ou en vendre un ?

Mme Bewes jeta un coup d'œil à Jack.

Il faut que je trouve du travail, songea Pell. *J'ai quitté la maison précipitamment. Mes frères sont morts et ma mère n'a plus que Lou et les petites, avec elle à la maison.*

Je ne me marierai pas. Jamais.

Son cœur se serra. Que dire à cette femme ? Elle se força à sourire.

– Nous cherchons... (Elle regarda Bean, qui était trop loin pour l'entendre.) Nous cherchons à acheter. Peut-être.

– Dans ce cas, soyez-en sûre : c'est l'endroit idéal.

Si M. Bewes la fixait avec bonté, son épouse se contenta de hocher la tête. À voir l'état des vêtements de la jeune fille, la famille ne devait pas rouler sur l'or. Sans doute espérait-elle une bonne affaire. Ou un miracle.

– Quant à nous, expliqua Mme Bewes, nous sommes à la recherche d'un beau poney robuste, assez fort pour tirer la charrue, mais suffisamment vif pour pouvoir porter un cavalier jusqu'aux villages voisins au beau milieu de la nuit.

Elle était sage-femme, précisa-t-elle, et toujours en exercice.

– Notre pauvre Pike mérite de prendre sa retraite et de jouir tranquillement de ses vieux jours, après dix-huit ans passés à trimer. Aujourd'hui, c'est à peine s'il peut tirer une charrette. Et ça vaut aussi pour sa seigneurie ! grommela-t-elle.

Pell sourit.

– Ça vous dirait, de prendre le thé avec nous ? demanda Mme Bewes.

Sans attendre de réponse, elle versa le liquide dans de délicates tasses en porcelaine, aussi distinguée que si elle recevait Pell dans un beau salon, assise sur une chaise tendue de velours. Elle tira de son tablier une petite flasque en cuir. Une odeur de gin et de menthe chatouilla les narines de la jeune fille, mais la tasse que Mme Bewes lui tendit ne sentait que le thé.

Son mari dit qu'il espérait conclure rapidement son affaire et rentrer chez lui.

– Je suis trop âgé pour *ça*, confia-t-il.

Pell comprit. L'atmosphère de la foire, mêlant à égalité l'excitation et la menace, mettait les nerfs à rude épreuve. La foule était, pour le moment, égayée par l'alcool coulant à flots. Mais Pell sentait que le vent ne tarderait pas à tourner.

– Je veux bien surveiller les chevaux pendant que vous et Mme Bewes allez faire un tour.

Ils accueillirent avec reconnaissance sa proposition. Assise avec Esther, Pell observa les allées et venues de la foule jusqu'au retour du couple. Mme Bewes insista pour que Pell ne s'aventure à la foire qu'en compagnie de son époux.

– L'endroit est infesté de gitans, murmura-t-elle en désignant Esther d'un signe de tête. Et de Dieu sait quoi d'autre. Je crois que vous ne regretterez pas d'avoir un homme pour vous protéger.

Pell arracha Bean à sa compagne de jeu et partit avec M. Bewes. Sans doute trouverait-elle du travail ici. Les chevaux avaient besoin d'être pansés, et leurs propriétaires ne voudraient pas laisser une caravane ou une bête sans surveillance.

Le vacarme ne faiblit pas à la tombée du soir – bien au contraire, sous l'effet conjugué de l'alcool et de la bonne humeur. Partout, il y avait des feux de camp. La fumée flottait autour de Pell, pénétrait ses narines – odeur bienvenue car elle masquait celle des ordures et du sang. Çà et là, dans l'obscurité, se faisait entendre le son de violons ou de pipeaux. Le soir gris et enfumé offrait un contraste saisissant avec les flammes et la lueur vacillante des lanternes.

Elle vit les yeux de Bean briller comme des étoiles dans la nuit tombante. *Il y a tant de laideur ici*, songea Pell, *bien qu'elle soit encore camouflée*. Et cette laideur n'échappait pas à son frère. Elle prit la main froide de l'enfant, la serra fort.

Pell parvint à suivre M. Bewes, et à le dissuader d'acquérir un ou deux chevaux qu'il regretterait par la suite d'avoir achetés. Elle lui prodiguait si discrètement ses conseils qu'il ne les remarquait pas. Or quand il arrêta son choix sur un grand hongre noir et blanc, robuste et en bonne santé, ce fut pour une autre raison. Malgré la pénombre, Pell vit qu'il s'agissait d'une bête forte, intelligente et bien disposée. Alors qu'ils tournaient les talons, son propriétaire souleva Bean pour le placer sur le dos du cheval.

– Vous voyez ? dit-il. Doux comme un agneau ! Il ne ferait pas de mal à une mouche.

L'animal tourna vers Bean son œil sombre et placide. Tous deux échangèrent un long regard. Puis, se penchant en avant, Bean posa la joue sur l'encolure large et soyeuse.

– Vous voilà fixés ! fanfaronna l'homme. Ce garçon sait reconnaître un bon cheval !

En cela, il voyait juste.

10

À leur retour, la roulotte bâchée des gitans était vide et Mme Bewes accroupie près de son feu de camp, à touiller une soupe à l'orge et au lard fumé. Après qu'elle eut insisté pour que Bean et Pell se joignent à eux, tous dînèrent ensemble. Un repas chaud, le luxe d'un morceau de viande. Pell était pleine de reconnaissance. Quand elle demanda à M. Bewes s'ils ne manquaient pas à leur famille, celui-ci ricana :

– Nos six enfants sont mariés, et tous ont des enfants à eux. C'est bien assez d'âmes pour faire couler la baraque sans qu'on les y aide, dit-il. Et Mme Bewes aime n'avoir à se soucier de personne, si ce n'est d'elle-même.

Son épouse rajusta ses jupes et se renversa un peu en arrière, comme pour confirmer ces paroles.

– Si seulement je pouvais faire en sorte que M. Bewes ne trouve pas une bonne bête à acheter avant un jour ou deux, histoire d'avoir une chance d'admirer les monuments !

Le vieux couple se retira dans sa caravane pour la nuit. Pell s'étendit sur un tas de sacs, à côté de Bean, Jack attaché tout près d'eux. Bien qu'épuisée et assez confortablement installée, elle ne parvenait pas à s'endormir. Impossible d'ignorer la fiesta qui venait de commencer non loin de là. Deux violons et une guimbarde, auxquels se joignirent quelques minutes plus tard un tambour de fortune et des flûtes irlandaises. D'abord bruyants et tapageurs, les chants s'étaient peu à peu faits mélancoliques. Pell finit par sombrer dans un demi-sommeil embrumé, traversé de lambeaux de rêves.

Elle se réveilla plus tard dans la nuit, au son d'une voix bourrue – grave et sévère, puis aussi douce que celle d'un amoureux. Elle se demanda qui avait bien pu s'installer près d'eux. La voix l'affecta bizarrement, comme si la douceur hypnotique de ses inflexions s'était insinuée entre le sommeil et la veille. Elle n'avait pas de visage auquel l'associer, mais n'en ressentait pas moins la force d'attraction.

Le reste de la nuit fut agité. Des hommes imbibés d'alcool déboulaient en titubant pour s'installer dans des campements d'inconnus, attirés tels des papillons de nuit par la lueur des feux de camp. Non loin de là un étalon flairant toutes les juments en chaleur dans un rayon d'un kilomètre grognait, hennissait, se cabrait et piaffait. Les juments lui répondaient et l'ambiance déjà explosive devenait encore plus lourde.

Des gens commencèrent à manifester leur contrariété. Certains crièrent : « Faites taire cette bête ! » mais les hurlements, les grondements, les claquements de sabots et le tintement des chaînes se poursuivirent. *Ce cheval...* songeait Pell. *Faut que quelqu'un fasse quelque chose !* Mais rien ne se passa, et elle ne ferma plus l'œil de la nuit.

À l'aube, ayant renoncé à trouver le sommeil, Pell s'écarta de Bean et alimenta le feu pour y placer la bouilloire. À côté de Jack, un homme assis dans la pénombre attisait un feu et rallumait sa pipe. Quand il parla, Pell reconnut la voix qu'elle avait entendue cette nuit-là. Deux lévriers à poil long étaient tapis à ses pieds comme deux sphinx, la tête dressée et l'œil aux aguets. L'homme avait une chevelure noire striée de gris et des yeux d'un bleu sombre, reflétant l'éclat doré des flammes. Lorsqu'il s'adressait à ses chiens, ceux-ci tournaient gravement la tête pour l'écouter.

Pell et lui étaient les seules personnes éveillées du coin – même si la ville entière ne tarderait pas à émerger de sa torpeur. Quand l'homme se tourna et la fixa droit dans les yeux, Pell frissonna, soutenant malgré elle son regard, consciente de ce que dirait sa mère : encourager un inconnu, dans un lieu pareil ! Or l'homme ne changea pas d'expression. Il se contenta de la dévisager puis, une fois sa curiosité satisfaite, détourna la tête. Osant enfin lui jeter un nouveau coup d'œil, Pell constata que l'homme et ses chiens étaient partis.

M. Bewes se leva et s'habilla, impatient d'aller revoir son cheval, pendant que son épouse lui rappelait que, quelle que soit la bête dont il se toquait, son prix d'achat ne devait pas excéder d'un shilling les vingt livres sterling, sous peine que sa famille crève la faim tout l'hiver. Son époux toucha son chapeau et s'éloigna.

Le soleil se levait, déjà accablant. Malgré la pluie de la veille, un fin rideau de poussière flottait dans l'air, estompant les contours des hommes et des bêtes. Des garçons aux épaules chargées de grands sacs de fourrage se bousculaient en hélant les clients. Se frayer un chemin dans la foule devenait difficile. Saisissant Jack par la bride, un homme lui lança :

– Eh, fillette, t'en demandes combien ?

Puis l'inconnu désigna un cheval bai au poitrail osseux qui devait avoir une demi-cuillerée à soupe de pur-sang dans les veines, et lui dit qu'il était prêt à le lui faire pour dix-huit guinées.

– Alors qu'il vaut au moins deux fois plus ! précisa-t-il.

– Non, je vous remercie, répliqua poliment Pell en songeant : *À n'importe quel prix, ce serait trop cher payer pour ce cheval !*

Elle avait repéré pas mal de bêtes méritant d'être achetées, et bien davantage dont elle n'aurait pas voulu même si on la payait pour les prendre.

Tout au long du jour, Pell chercha du travail et se heurta à des refus – parfois exprimés en termes peu amènes, parfois accompagnés de propositions rien moins qu'honnêtes. Les écuries et les haras employaient quantité de jeunes garçons corvéables à merci. À la taverne *Coach & Horses*, elle proposa d'aider au pansage et au nettoyage des bêtes, mais la femme du patron lui répondit sans ambages qu'ils avaient bien assez de mains à disposition pour ne pas faire entrer une vipère dans le poulailler – qui plus est accompagnée de son bâtard. Tenant Bean par la main, Pell prit congé, faisant mine de se draper dans sa dignité. Durant une heure ou deux, elle se joignit à un groupe errant çà et là à la recherche de places d'employés de maison. Mais rares étaient les employeurs prêts à embaucher des gens sans véritables références. Dans une autre auberge, elle s'offrit à cuisiner, à nettoyer ou à servir. Trop occupés, les patrons ne se donnèrent pas le mal de lui répondre. En fin d'après-midi, ayant épuisé toutes les possibilités, elle pensa avec amertume qu'elle aurait peut-être davantage de chance dans les villages désertés par leurs habitants.

De retour au campement, elle trouva les enfants d'Esther rassemblés autour de M. Bewes et de son nouveau cheval. Celui-ci, tacheté noir et blanc à la manière d'une vache, arborait un large poitrail et quatre bonnes jambes. Courbant l'échine, il passa la langue sur la chemise de Bean. Le garçon entoura de ses bras la tête du cheval et y frotta sa joue, en émettant de petits cris semblables à ceux d'un oiseau. La bête n'avait pas moins fière allure à la lumière du jour que la veille au soir. M. Bewes gloussa et, la tenant par la bride, lui fit décrire un cercle.

– Une merveille, pas vrai ? lança-t-il.

Mais Mme Bewes était remontée.

– Que dites-vous de cet homme ? râla-t-elle, à l'adresse de Pell. Gâcher de l'argent sonnant et trébuchant sur un canasson de gitans ?

Elle ne daignait même pas regarder le cheval.

M. Bewes fit un clin d'œil à Pell, mais les deux vieux époux restaient fâchés. Mme Bewes tenta de prendre sa revanche en exigeant de son mari qu'il achète un poney pour son petit-fils favori « qui réclame d'avoir son cheval à lui depuis qu'il tient sur ses jambes ».

– Femme sans cervelle ! ricana son mari. Elle n'arrête pas de me répéter qu'il faut économiser, et la voilà prête à dépenser six mois de salaire pour un enfant !

Il secoua la tête.

– Vingt-neuf ans qu'on est mariés, et tous les jours il a fallu que je trime comme un forçat.

Pell lui exprima sa compassion. Quand vint pour eux le moment du départ, elle leur dit adieu avec un sourire cordial, et ils lui souhaitèrent bonne chance dans sa quête d'un cheval. Mais ce qui inquiétait à présent la jeune fille, c'était sa situation matérielle de plus en plus préoccupante.

À l'*Auberge du Cuisseau de Chevreuil*, à l'autre bout de Salisbury, son père – ayant jugé la journée trop étouffante et la nuit trop fraîche pour se lancer à la recherche de ses fuyards d'enfants – redoubla ses vaines tentatives d'étancher sa soif. À sa femme, il raconterait qu'il n'avait pu les retrouver, ce qui n'était pas faux – comment aurait-il pu y arriver, en restant dans l'arrière-salle d'un débit de boissons ?

Joe Ridley ne tarda pas à oublier où lui-même se trouvait. C'est pourquoi il passa la nuit vautré sous un banc – se réjouissant, à l'aube, que quelques cruchons de bière lui aient fait économiser le prix du gîte.

11

À peine sortie du ventre de sa mère, Pell avait pu contempler la verdure et les poneys – dont certains avaient coutume de s'aventurer dans la maison, en quête de nourriture ou de compagnie. Dès qu'elle avait su courir, la fillette avait été chargée d'aller chercher, sur la lande, les juments sur le point de mettre bas. Une tâche délicate, les bêtes étant alors irritables, imprévisibles. Et c'était un spectacle des plus étranges que celui de cette enfant à la tignasse en bataille menant hors de la forêt une file de juments grosses et soumises comme des toutous – du moins, c'est l'impression qu'elles donnaient jusqu'à ce que vous tentiez de prendre la relève.

La manière traditionnelle, pour rassembler des animaux, comprenait des cordes, des pièges et des poursuites frénétiques. Vous attrapiez ce que vous pouviez par la queue et vous tiriez. Ou bien vous traquiez une bande de poneys afin de leur faire gagner le box de dressage où quelqu'un attendait de refermer la porte derrière eux, en espérant qu'ils n'aillent pas faire une embardée au dernier moment.

Les juments accouchaient fréquemment de mort-nés

mais, en l'absence d'autre méthode, c'est ainsi que l'on procédait. Si la façon de faire de Pell déconcertait, elle avait le mérite de fonctionner. Plus douce, elle reposait sur des paroles prononcées d'une voix paisible, sur un geste délicat de la main pour modifier la position d'un siège ou d'une jambe bloquée.

Avant l'âge de cinq ans, les enfants Finch savaient tous attraper et monter un poney. Idem pour Pell et Frannie. Dans un pré plein de chevaux bais, rouans ou gris, elles ne se demandaient jamais à qui appartenait telle ou telle bête, ni comment elle s'appelait, ni de quelle race elle était... Aux poulains d'un an qui leur étaient confiés, elles apprenaient à se tenir à l'arrêt et à accepter la longe, tandis que les poulains de deux ans devaient s'accoutumer à porter un enfant jusqu'au village voisin ou à tirer un chargement de choux jusqu'au marché. Comme les enfants Finch, Pell observa comment l'on pare un cheval pour rectifier une mauvaise démarche ou en favoriser une bonne. Au fil du temps, elle apprit à ferrer une bête aussi vite que n'importe quel homme. Contrairement à eux, elle pénétrait sous la peau de l'animal, à l'intérieur de la cervelle nichée dans son gros crâne osseux et dans sa poitrine – là où était le siège du cœur et de l'âme. Elle saisissait, d'un seul regard, de quoi un cheval était capable pour peu qu'on le lui demande gentiment – et comment le lui demander pour qu'il s'exécute à coup sûr.

Le père de Birdie avait embauché Pell le jour où il l'avait trouvée juchée, à califourchon et à l'envers, sur un diable d'étalon que tous disaient indomptable. Elle tressait sa queue, y mêlant des chélidoines et des langues-de-chien.

Son propre père, quant à lui, ne savait qu'une chose : en tant que fille, elle était inapte à prêcher.

À quinze ans, Pell connaissait l'art du maréchal-ferrant aussi bien que n'importe quel apprenti, même si ses parents se souciaient des animaux comme d'une guigne, ne sachant pas faire la différence entre un poney et un pur-sang arabe. Le père de Birdie avait pris l'habitude de l'observer, en pensant qu'il aurait un jour une belle-fille des plus utiles.

– Dans pas très longtemps, tu feras une sacrée assistante pour mon fils.

Cette déclaration la surprit. Elle avait toujours supposé que ce serait Birdie qui ferait un bon assistant. L'origine du malentendu était simple : elle s'y prenait mieux que lui avec les chevaux, il fallait être aveugle pour ne pas le voir. Que cela bouleverse l'ordre naturel des choses n'était pas son problème.

Quand, à l'âge de vingt ans, Birdie apprit que son oncle lui louait quatre hectares de sa propriété et le cottage attenant, il se précipita vers Pell en criant qu'ils pouvaient enfin se marier. Et c'est à cet instant, après des années à douter sans oser se l'avouer, que Pell sentit la terreur la submerger. En voyant son expression, Birdie dut s'asseoir.

– Tu n'es pas heureuse pour nous ?

– Pour toi, dit Pell.

– Pour *nous*, répliqua Birdie, une main tendue vers elle.

Mais Pell l'esquiva et s'enfuit dans la forêt en appelant Jack. Elle tomba sur Maggs, la jument de Birdie, qui se montra aussi affectueuse qu'à son habitude, joyeusement ignorante des soucis des humains. La jument lui emboîta le pas jusqu'à ce que Pell, faisant volte-face, la chasse d'un geste. Elle siffla Jack qui prit son temps pour arriver. Lorsqu'il daigna enfin apparaître, elle se hissa sur son dos et lui ordonna de galoper. Maggs se lança à leurs trousses puis ralentit, plus désireuse de rester campée sur ses jambes à profiter du soleil que de parcourir la lande sans raison.

Jack fonçait. Pell sentait le vent gifler ses joues, et son pouls battre dans son cou – de terreur, face à la décision qu'elle avait failli prendre. Ses sensations submergeaient sa pensée. Les larmes ruisselaient sur son visage quand elle s'avoua qu'elle ne pourrait franchir le pas. Pourtant, impossible de trahir Birdie... Elle serait bien obligée de l'épouser et de vivre ça du mieux possible – même si, à cette seule idée, son cœur se déchirait.

Elle se prépara à l'affronter quand il la retrouverait. Quelle explication vraisemblable pourrait-elle bien inventer ? Lorsqu'elle le vit, au loin, qui chevauchait Maggs, elle courut à sa rencontre. Mais, à la dernière seconde, elle passa sans s'arrêter. Ça rappela à Birdie ce jeu auquel ils jouaient quand ils étaient gosses : l'un d'eux se campait sur le sentier, l'autre cavalait vers lui à toute allure, et aucun des deux ne voulait être celui qui ferait un bond de côté. Seulement cette fois-ci, lui ne bougea pas. Il resta planté là, déconcerté. Et ce n'est pas Pell mais Jack qui broncha, se cabrant violemment. La jeune fille fut éjectée. Birdie tendit les bras pour la recueillir – en même temps que ces mots qu'il souhaitait tant entendre d'elle.

– On se marie quand ? demanda Pell.

Bien qu'à peine capable de parler, elle répondit avant lui à la question :

– Aujourd'hui ? Demain ?

Alors, avec un sourire, il lui pardonna aussitôt, habitué qu'il était à ses accès de mauvaise humeur et prêt – l'idiot – à ne plus y penser.

– Il faut le temps de publier les bans, dit-il. Et il te faudra une nouvelle robe.

– Non, tout de suite ! répliqua-t-elle d'un ton soudain ardent.

Et le malheureux Birdie la serra contre son cœur tandis qu'elle haletait contre lui tel un animal.

– Tu as tort d'épouser ce garçon, déclara sa mère quand Pell finit par rentrer chez elle, fébrile et décidée. Tu ne le rendras pas heureux et Dieu sait ce qu'il fera de toi. Laisse-le trouver une épouse convenable, avec qui bâtir un foyer. Lou, par exemple.

Pell retrouva brusquement son calme.

– Je ferai une épouse convenable. Je le jure.

Connaissant cent fois mieux sa fille que Pell ne se connaissait elle-même (et mille fois mieux que ne la connaissait leur très candide voisin), sa mère frissonnait autant devant son calme que devant son impétuosité. Et elle avait raison. Car en cet instant, Pell songeait : *Je lui servirai son thé et je mourrai à la tâche avant trente ans à force de porter ses enfants et de frotter les sols et de travailler aux champs à déterrer les navets jusqu'à ce que mes mains saignent et que mon dos me lâche et tout le monde me suppliera de tenir juste une année de plus – et c'est alors que l'épuisement et la sté-rilité de mon existence me tueront. Je l'aimerai et je veillerai sur lui, sans jamais lui demander d'aller se chercher son thé ou de*

*balayer les cendres dans l'âtre ou de donner lui-même naissance
à son douzième enfant...*

Toute la force, toute la résolution, tout l'orgueil et tout le pouvoir qu'elle possédait, elle les lui abandonnerait. L'espace d'un instant, elle en éprouva une sorte de soulagement. Il s'occuperait d'elle, pourvoirait à ses besoins aujourd'hui et tous les jours de sa vie, aussi longtemps qu'elle et lui vivraient.

Assise près de sa fille aînée, le visage fermé, la mère de Pell doutait. Elle n'était pas du genre à croire des mensonges – même proclamés haut et fort.

12

Il y avait de l'argent à faire à Salisbury. De l'argent à faire en gardant les chevaux pour un penny. Le maréchal-ferrant, les marchands de chevaux et les boulangers en gagnaient le jour durant. Les pickpockets, les truands, les prostituées et les joueurs une fois la nuit tombée. Mais quel emploi Pell pouvait-elle exercer, si ce n'est regarder les chevaux en connaisseuse ?

Tout autour d'elle, des hommes concluaient des affaires tandis que la lueur du soleil rendait les lieux durs et ternes, avant de tout enflammer au moment du coucher. Au crépuscule, un homme chanta un air mélancolique pendant qu'une poignée d'autres battaient la mesure. Pell s'éloigna, écœurée par la fumée s'élevant du feu de camp. Alors que d'ordinaire il la suivait sans rechigner, Bean tira sur sa manche, l'air malheureux.

– On y est presque, murmura-t-elle en le soulevant dans ses bras.

Il ne pesait pas lourd, mais elle aussi était épuisée. S'aventurant plus loin, elle vit un vieillard qui tenait deux hongres marron identiques. Un acheteur les examinait, simple silhouette dans les dernières lueurs du jour. Derrière lui se tenait un autre homme qu'elle reconnut à son allure et aux deux lévriers qui l'accompagnaient.

Ces chiens lui faisaient penser aux rois et aux chasses à courre. Le mâle se tenait presque immobile, les oreilles dressées, levant et baissant délicatement le museau pour flairer les odeurs portées par le vent, tandis que la femelle frémissait. Pell n'aimait pas la sensation d'angoisse qui émanait d'elle. Ce n'étaient pas ce qu'on pouvait appeler de beaux chiens, avec leur poil dur de couleur fauve et leur long museau. Mais il y avait de la noblesse en eux et un bon pourcentage de pure race. Lorsque leur propriétaire tourna la tête, dévoilant son profil, Pell eut un frisson : lui aussi avait quelque chose du lévrier pure race.

Alors qu'elle épiait la scène, tapie dans l'ombre, l'acheteur examinait chaque centimètre carré des chevaux marron, tâtant leurs genoux et s'assurant de l'état de leurs dents, sous l'œil attentif du propriétaire qui ne pipait mot. Ce dernier avait placé l'un des deux hongres légèrement en avant. Pell savait que c'était celui-ci qu'il comptait vendre – même s'il prétendait que l'acquéreur pouvait choisir sa préférée parmi les deux bêtes, que pour lui ça revenait au même.

– Ils sont identiques au poil près, déclara fièrement le marchand. Je devrais vendre la paire, mais vu que vous êtes décidé à n'en acheter qu'un...

L'acheteur hésita. Pell vint se poster derrière l'homme aux chiens et dit, indiquant le cheval mis en avant :

– Pas celui-ci.

Il tourna juste assez la tête pour regarder qui parlait. Il avait les traits estompés par l'obscurité, mais ses yeux lançaient toujours des étincelles.

Elle désigna l'autre cheval d'un hochement de tête.

– Celui-là !

– Pffff ! fit le propriétaire. Il n'a rien de plus que l'autre. Vous feriez mieux de vous tenir à ce que vous connaissez le mieux, *mam'zelle*, ricana-t-il, ses yeux se posant sur Bean.

Pell demeura silencieuse, fascinée par le regard sombre aux éclats d'or. Enfin, au terme d'un gros effort de volonté, elle s'en détacha et tourna les talons.

Plus tard ce soir-là, les deux hommes reparurent, l'un d'eux menant à la main l'un des gros hongres – le bon. L'homme aux chiens s'accroupit devant son feu de camp, souffla doucement dessus pour en raviver les braises et alluma sa pipe.

Son compagnon s'avança vers elle.

– Je donnerais cher, dit-il, pour savoir ce qui a pu vous permettre de différencier ces deux bêtes. En ce qui me concerne, elles se ressemblaient comme deux gouttes d'eau.

Elle ne le connaissait pas, et l'homme ne l'avait toujours pas remerciée.

– Eh bien ?

– Si vous vous étiez donné le mal de les faire trotter, expliqua-t-elle, vous auriez vu que l'autre était faible au niveau des jarrets.

L'homme fronça les sourcils, l'air sceptique.

– Faible ?

Pell détourna les yeux. Il pouvait bien penser ce qu'il voulait...

– Vous êtes certaine de ce que vous dites, mademoiselle ?

Crois ce qui te chante ! songea-t-elle, n'ayant rien à y gagner.

L'homme aux chiens la dévisageait. Pell, quant à elle, observait les lévriers. Alors seulement elle remarqua, sous l'épais pelage fauve de la femelle, des tétons pendants. Voilà pourquoi elle était inquiète. Pauvre bête.

– Ce truc que vous avez fait, avec le cheval... Vous pourriez le refaire ?

Elle se hérissa.

– Quel truc ?

– Vous êtes capable de repérer un bon cheval au milieu d'une foule ? Parce que si c'est le cas, ça peut m'être utile.

– Combien vous me donnez ?

L'homme aux chiens sourit. L'autre se contenta d'écarquiller les yeux.

– Eh bien... dit-il en se ressaisissant. Si vous arrivez à me dégoter une demi-douzaine de chevaux pour une valeur totale de cent guinées, vous gagnerez cinq livres sterling.

La somme était bien supérieure à ce qu'elle aurait osé demander. Pell resta un long moment sans rien dire, luttant contre l'envie de manifester sa joie.

– Très bien, fit-elle enfin. Si vous voulez bien me dire comment vous vous appelez...

– Harris, répondit-il avec une courbette exagérée. Alors, ça vous convient ?

Elle le fixa droit dans les yeux, comme pour le sonder. Et faillit éclater de rire – parce qu'à dire vrai, elle avait tant besoin d'argent que peu importait qu'elle puisse, ou non, lui faire confiance.

13

Le troisième jour, on vit des chevaux vairons de profil et plaqués contre un mur ; des bêtes boiteuses, au poil brossé et aux sabots lustrés, maintenues parfaitement immobiles. Le cirage fut utilisé à des fins détournées, pour dissimuler des taches asymétriques ou inesthétiques. Si un marchand possédait un cheval avec deux jambes plus courtes d'un côté, vous pouviez être sûr de le trouver posté sur un terrain en pente. Toutes les bêtes dont la qualité sautait aux yeux étaient vendues. Ne subsistait que la poussière soulevée par un millier d'hommes et d'animaux – suffisante pour masquer toute vérité qui se serait attardée sur place. Le troisième jour était réservé aux vendeurs malins comme des singes et aux acheteurs à œil de lynx. Et tous les hommes présents s'enorgueillissaient d'être l'un ou l'autre.

Une fois conclues les affaires pour lesquelles elle était venue, Esther avait empoché l'argent et levé le camp. Les enfants erraient partout, en quête de nourriture et de divertissements. Le père de Pell avait filé depuis longtemps, à cause de l'argent qu'il devait à un valet d'écurie. Pendant ce temps, Pell cherchait Harris dans la foule, et commençait à craindre qu'il n'ait changé d'avis, quand il apparut.

– On y va !

C'est avec ces seuls mots qu'il l'accueillit. Aussitôt, ils s'attelèrent à la tâche. Harris allait en tête, talonné par Pell, tandis que Bean fermait la marche – pressant le pas pour parvenir à suivre. L'homme les conduisit d'abord à un beau cheval bai dont le regard fit frémir Pell. Lorsqu'elle secoua la tête, Harris marmonna pour lui seul :

– Mais elle sait de quoi elle parle, au moins ?

Après qu'ils eurent examiné deux ou trois autres bêtes ayant retenu l'attention de Harris, Pell dit simplement :

– À partir de maintenant, c'est moi qui choisis.

L'endroit se prêtait on ne peut plus mal à ce genre de décisions. Si Pell n'avait aucune difficulté à repérer un cheval en bonne santé au milieu d'un troupeau disséminé dans la forêt, il lui était difficile d'en faire autant ici – les lieux regorgeant de gens qui dressaient des écrans de fumée, et d'hommes et de bêtes si torves que Pell n'en croyait pas ses yeux. Mais, motivée par la somme promise, elle y regardait à deux fois. Elle finit par débusquer une petite jument bleu rouan de belle allure, bien campée sur ses jambes. Pell comprit, d'un seul coup d'œil, que ce serait un plaisir de la monter. De plus, elle était propre et saine. Seule sa couleur expliquait qu'elle n'ait pas été vendue.

– Celle-ci ! décréta Pell.

Ce à quoi le vendeur répliqua :

– Cette dame a du goût, m'sieur !

C'est ce qu'ils disaient tous quand vous manifestiez de l'intérêt pour un de leurs chevaux. L'homme la fit trotter vers le haut, vers le bas – et en effet, elle bougeait bien et avait un caractère au diapason. Harris marchanda sec avec son propriétaire, la raflant pour un bon prix. Ils l'emmenèrent. Elle marchait aux côtés de Pell, docile et légère comme une biche.

Il s'écoula presque une heure avant que Pell aperçoive un autre animal méritant d'être pris au sérieux – un shire croisé, à la robe pie. Grand et musclé, il avait le regard affable et l'air bien disposé. Or, sauf pour un M. Bewes, qui n'achetait les chevaux que pour leur aptitude au travail, la mode n'était pas aux poneys de couleur, surtout quand ils paraissaient avoir été peints par un ivrogne. Pell n'en était pas moins convaincue par la forme de la tête, les jambes robustes et un air de loyauté émanant de l'animal. Quand Harris fit « non » de la tête, elle caressa le cou du poney et repartit d'un pas triste.

Un hongre efflanqué de cinq ans constitua son choix suivant. Il avait en lui une bonne dose de pur-sang, et le nez marqué d'une tache en zigzag. Il agita la tête et rua. Son propriétaire sembla soulagé d'en tirer un peu plus qu'on ne lui en aurait donné à l'abattoir. Les mauvais traitements et la sous-alimentation pouvaient donner l'impression que n'importe quel animal était fichu or celui-ci, Pell le savait, avait de quoi faire une bonne bête. Lorsqu'elle tâta ses jambes et caressa son front, il se calma aussitôt et elle vit à la longueur du cou et à la largeur du poitrail que, bien nourri et bien traité, il vaudrait cinq fois ce qu'il leur avait coûté.

Deux chevaux.

Ils firent une offre sur une jument noire – déclinée par le propriétaire, qui voulait plus. Un grand animal gris et élancé trépignait au bout d'une longe trop courte. Il était osseux, haut au garrot, trop épais au niveau des flancs et taché de vert à force de passer sa vie dehors... Mais l'ayant vu bouger, Pell hocha la tête. Elle voyait déjà briller ce même cheval, une fois entraîné et nourri d'avoine. Mais ne put convaincre Harris.

Des heures s'écoulèrent. Il leur fallut la journée entière pour s'accorder sur six chevaux. À la fin, Bean traînait les pieds et Pell tombait de fatigue. Harris soulevait de moins en moins d'objections et, se tenant à l'écart, la laissait faire. Il se contentait de sortir l'argent tandis que Pell tenait mentalement le compte de la somme qui lui reviendrait. De temps à autre, il désignait un cheval qui lui paraissait correct, et elle attirait alors son attention sur une raideur au niveau du jarret ou une mauvaise démarche. D'autres fois, elle se contentait de secouer la tête et poursuivait son chemin. Le soir venu, Harris avait appris deux ou trois choses sur l'art de choisir un cheval, et Pell tout autant sur l'art du marchandage.

Il attacha la demi-douzaine de chevaux en file indienne à sa propre monture et dit à Pell qu'il lui apporterait son dû dans une heure, ayant auparavant une autre affaire à régler à l'auberge. Elle commença par protester, craignant qu'il ne revienne pas. Mais alors il balança son sac sur le sol.

– Excepté ce que je porte sur moi, tout ce que je possède au monde est là-dedans ! s'écria-t-il.

Faute d'avoir le choix, Pell accepta.

Une heure s'écoula, puis deux. Son angoisse se précisa, et ne fit qu'augmenter. Tant et si bien que, n'y tenant plus, elle laissa Jack avec Bean et, traversant la ville en toute hâte en direction de l'auberge, partit retrouver Harris et les chevaux. Ça ne lui prit que dix minutes. Mais à son arrivée, l'aubergiste l'informa que Harris avait réglé sa note et était reparti.

Perdue, elle regagna au pas de course l'endroit qu'elle venait de quitter. Et n'y trouva rien hormis un bout de terre foulé aux pieds là où s'étaient trouvés, quelques instants plus tôt, un enfant et un cheval. C'est sur ce coin de terre désolé qu'après deux heures d'agitation frénétique, épuisée et rendue comme folle par l'absurdité et l'injustice du monde, elle s'effondra.

14

Bean avait une longue pratique de la vigilance. Il savait flairer le danger en dévisageant une personne ne se sachant pas observée, et juger du tour que pourrait prendre une situation. C'est pourquoi, quand Harris commença à se frayer un chemin avec ses chevaux parmi la foule, Bean ne le quitta pas des yeux.

Il regarda l'homme descendre précipitamment de son cheval et scruter les alentours, déconcerté.

Enfin Harris s'approcha de lui, rechignant à s'adresser à un simplet, mais désireux de régler l'affaire et de repartir.

– Où est passée la fille ?

Bean montra du doigt un point dans la foule. Harris suivit des yeux la direction désignée. N'y voyant rien d'intéressant, il inspecta un périmètre plus important, avant d'échanger quelques mots avec un homme traînant à côté – lequel se contenta de hausser les épaules. Au bout d'une minute, Bean vit Harris en pleine cogitation et comprit la décision qu'il venait de prendre.

L'homme se tourna vers Bean :

– Tu lui diras que j'ai attendu, lança-t-il en articulant exagérément. Aussi longtemps que j'ai pu.

Et il s'esclaffa :

– Un demeuré pareil, répéter quoi que ce soit !

Puis il récupéra son sac, enfourcha son cheval, serra le nœud de la longe et se mit à cavaler vers les confins de la plaine de Salisbury, où il pourrait se terrer un moment.

Que devait faire Bean ? S'il n'agissait pas, tout serait perdu. Bientôt, en se retirant, la foule dissimulerait aux regards tout escroc emportant avec lui un groupe de bêtes mal acquises. Les pensées tournoyaient dans l'esprit de l'enfant pendant qu'il cherchait Pell des yeux. *Elle va arriver*, songeait-il. *D'une seconde à l'autre...* Mais ce ne fut pas le cas. Alors Bean se hissa sur Jack et entreprit de suivre l'homme qui partait avec les chevaux de sa sœur sans lui avoir payé son dû.

Harris évita de sortir de Salisbury de la façon la plus évidente, préférant emprunter un chemin à bétail peu fréquenté qui contournait la cathédrale et s'enfonçait presque aussitôt dans un bois. L'obscurité ne facilitait pas la tâche à Bean. Mais il demeurait suffisamment en retrait, se fiant au bruit et à la terre fraîchement foulée aux pieds par ceux qu'il traquait.

Son inquiétude augmenta, tandis qu'ils s'éloignaient toujours davantage du centre de Salisbury. Une heure s'écoula, puis deux, puis trois. Il abandonna l'espoir que Pell les rattrape et commença à douter d'une décision prise dans un moment de désespoir. Égaré, effrayé, tenaillé par la faim, il réalisa qu'il ne lui serait sans doute pas possible de réparer cette injustice-là. D'autres heures s'écoulèrent. Bean ignorait comment obtenir justice de la part de Harris, et n'aurait su rebrousser chemin pour retrouver sa sœur. Plus le temps passait entre le crime originel et le moment présent, plus le désarroi de Bean était grand. Il finit par admettre qu'il avait eu tort, et s'était fixé une tâche impossible en décidant de suivre Harris.

Harris chevaucha deux jours et deux nuits durant. Il ne s'arrêtait – pour dormir ou permettre aux bêtes de se reposer – qu'une ou deux heures d'affilée. Et deux jours et deux nuits durant, Bean le traqua, toujours plus fatigué, toujours plus affamé. Il accompagnait le rythme de sa monture davantage qu'il ne la guidait. Sa tête retombait en avant, vers l'encolure du cheval, tandis que Jack avançait d'un pas paisible et régulier, comme pour éviter de désarçonner son cavalier.

Jack ne songeait pas à retrouver sa maîtresse. Non qu'il fût particulièrement dénué d'imagination. Les chevaux ont en général un comportement très peu remarquable, à moins que les mauvais traitements ou le manque de nourriture ne les poussent à sortir de leurs gonds. Pensait-il à Pell, ou s'étonnait-il de constater que leur périple était désormais l'affaire du seul Bean ? Peut-être. Mais sans doute s'interrogeait-il plutôt sur la passivité grandissante de l'enfant, et se demandait-il quand il pourrait à nouveau s'arrêter, boire et manger.

Et ils allaient cahin-caha, de plus en plus lentement. Puis, la troisième nuit, Bean glissa et tomba. Épuisé, gelé, affamé, il ne se releva pas et demeura sur le sol, recroquevillé, les bras serrés autour de son petit corps frêle. À demi inconscient, il attendait que quelque chose arrive et que

74

la chance tourne tandis que Harris et ses chevaux disparaissaient dans la nuit, et que Jack restait près de lui à brouter l'herbe.

Il arrive en effet que la chance tourne. La preuve : le soleil n'était pas encore tout à fait levé le lendemain matin qu'un membre du conseil du comté trouvait Bean, l'aidait à se relever, lui parlait avec gentillesse et compassion, lui demandait qui il était et d'où il venait... Ne recevant pas de réponse, l'homme en conclut que l'enfant était simplet. Il grimpa sur le cheval et, pour se décharger de toute responsabilité quant au petit vagabond, le transporta dans la ville voisine et le déposa devant l'entrée d'un asile de pauvres.

En quoi un aussi beau poney pouvait-il être utile à un gosse demeuré ? se demandait l'homme. Alors qu'en le vendant, lui-même pourrait se libérer d'une dette qu'il traînait comme un boulet... Ragaillardi par cette pensée, il rentra chez lui en sifflotant, se réjouissant de son coup de chance, et du tour inattendu qu'avait pris la journée.

15

Pell se lança à leur recherche avec beaucoup de détermination mais peu d'indices. Un homme et deux chiens. Un garçon qui ne parlait pas. Un marchand de chevaux. Tout en décrivant ce qu'elle avait perdu, elle était consciente du caractère désespéré de la situation. Il y avait trop de jeunes garçons, de chevaux, d'hommes et de chiens, pour que ces quelques pistes lui soient d'une quelconque utilité. Son désespoir ne cessant d'augmenter, elle passa toute la foire au peigne fin, à décrire l'enfant, les deux hommes, les délits tels qu'elle les voyait – enlèvement, vol de cheval, abus de confiance. Et à prier, avec toute la ferveur de quelqu'un qui, à peine une demi-heure auparavant, ne croyait pas à l'utilité de la prière.

Elle retrouva quelqu'un, à savoir Esther. La femme lui apparut, comme la première fois, entourée de ses enfants. Elle scruta le visage barbouillé de larmes de Pell, et l'emplacement vide, là où s'étaient trouvés le gamin et le cheval. Elle saisit tout de suite le tour qu'avaient pris les événements. Secouant la tête, elle écouta le récit de Pell.

– Ils sont partis depuis un bon moment, dit Esther. Et ni l'un ni l'autre n'a envie d'être retrouvé.

La gitane faillit éclater de rire. Elle avait retrouvé l'enfant. Et l'enfant retrouvé n'avait pas voulu rester.

C'était le dernier jour de foire, il ne restait que la lie de la société. Harris et l'homme aux chiens n'avaient peut-être jamais existé, car nul ne reconnaissait leur nom ou n'exprimait le moindre intérêt pour eux. Les hommes à qui elle s'adressait fixaient tous Pell, se racontant toutes sortes d'histoires à son sujet. Si sa quête et les raisons de sa quête ne regardaient personne, ça n'empêchait pas les gens de se poser des questions. Beaucoup avaient croisé des femmes dans la même situation à la fin d'autres foires – femmes que les hommes étaient trop heureux de fuir.

À midi, le plus gros de la foule ayant remballé et levé l'ancre, Pell en était toujours au même point.

C'est Esther qui revint avec l'information suivante : plus haut, en direction de Pevesy, vivait un braconnier dont la description correspondait à celle de l'homme aux chiens. Rien de plus précis, mais c'était déjà ça, et il faudrait s'en contenter.

– Viens avec nous, on va dans la même direction ! dit Esther, avant d'ordonner à Elspeth de remballer les affaires dans la roulotte – à croire qu'on venait de les convoquer quelque part.

Et c'est ainsi qu'ils partirent, dans le crissement des harnais et le cliquetis des roues en bois.

Des dizaines d'autres voyageurs encombraient la route, la plupart menant des chevaux achetés à la foire. Pell interrogeait chacun d'eux d'une voix tremblante, se sentant moins assurée après chaque nouvelle rebuffade. Ils pénétrèrent dans la plaine de Salisbury. Tournant la tête, Pell distinguait la flèche de toutes ces églises autour desquelles se groupaient une poignée de maisons, sur des kilomètres à la ronde. Des sentiers couraient de l'un à l'autre de ces hameaux, telles des lignes qu'un enfant trace, par jeu, à l'aide d'un bâton.

Une étrange chape de nuages gris foncé recouvrait la plaine. Au-dessous, une bande de ciel lumineuse et le jaune-vert éclatant des prairies onduleuses. Au cours de leur périple, Esther récoltait des plantes médicinales afin de les faire sécher et de les vendre dans des petits sachets de tissu.

– De la crételle, marmonnait-elle en marchant le long de la roulotte. Du seigle bâtard, du trèfle violet, des boutons d'argent, de la scabieuse, du fer à cheval, de la porcelle enracinée... Evelina lui emboîtait le pas, cueillant son propre bouquet, qu'elle devait plus tard laisser dépérir dans un panier.

Pell voyait la silhouette des tumulus se découper sur l'horizon. Esther la mit en garde contre l'esprit des morts – lesquels pouvaient surgir de terre, lui grimper le long des jambes et venir se nicher entre ses côtes, dans son cœur ou dans son utérus. Bien que ne croyant pas aux fantômes, Pell ne put chasser de son esprit ces images effrayantes. Toute la soirée, tandis qu'elles traversaient ce paysage lugubre, la jeune fille frissonna comme si elle sentait sur ses chevilles la langue glacée de spectres sifflants, menaçants et agrippés à ses jupons. Esther donna à chacun des enfants un petit fagot de gueules-de-loup et de sauge blanche pour repousser revenants et esprits malins. La plaine vallonnée s'étendait à perte de vue, dans toutes les directions. Ils progressaient lentement, la roulotte d'Esther étant lourde et Moses, son cheval, du genre à prendre son temps dans les montées. Du sommet d'une colline où ils avaient fait halte leur apparut le cercle préhistorique de Stonehenge, et ses immenses blocs dressés. Pell fixait l'étrange assemblage de monolithes qui, de loin, faisaient penser à des cubes de construction. Désireuse de contourner la structure, Esther prit vers l'est, gardant ses jupes bien serrées autour de ses chevilles. Elles se hâtèrent de passer, sans mettre pied à terre, défendant aux enfants de quitter la roulotte jusqu'à ce que les pierres géantes et les tumulus qui les entouraient aient disparu de leur champ de vision. Aucune des deux femmes – quelles que soient leurs croyances – ne voulait risquer de déranger les morts.

De temps à autre, Esther faisait des remarques relatives à ce qui les attendait sur la route, ou à ce qui se passerait si elles prenaient tel chemin, coupaient par telle prairie.

– Là derrière, il y a un boulanger, annonçait-elle en glissant quelques pièces dans la paume crasseuse de l'un des garçons, qui s'élançait alors à travers la houle dorée des herbages où paissaient les moutons – pour s'en revenir avec une miche d'excellent pain.

Esther connaissait la plaine de Salisbury sur le bout des doigts, depuis ses chemins détournés jusqu'à ses hameaux. Là se trouvait un fossé dangereux, plus haut un vieil orme sous lequel ils pourraient s'arrêter...

Pell remarqua qu'Esther croisait, une ou deux fois par jour, quelqu'un avec qui elle échangeait un salut ou quelques mots en langue rom, en désignant avec force gesticulations le haut ou le bas d'une colline, l'est, l'ouest, ou les deux... Mais jamais ses connaissances n'invitaient Esther à partager leur repas, à boire une tasse de thé avec eux ou à s'installer dans les parages. Quelque chose intriguait Pell dans la façon d'être d'Esther lors de ces rencontres. Car les gitans qu'ils croisaient sur la route se regroupaient pour voyager ou dresser leur campement. Cela avait-il quelque chose à voir avec le père des enfants – s'il y en avait un, vu que son nom n'était jamais mentionné ?

À chaque croisée de chemins, Esther accrochait des bouts de tissu aux branches d'arbre ou laissait de petits amoncellements de pierres ou de brindilles. Elle n'expliqua pas dans quelle intention, ni à qui ils étaient destinés, et Pell n'osa poser la question. Peut-être, songeait-elle, ce réseau de marques et de signes complétait-il une sorte de carte ; peut-être le territoire entourant Salisbury était-il inscrit, tel quel, dans le cerveau d'Esther – à l'arbre, à la haie, au sentier près. Pell l'imagina en chouette, flottant silencieusement au-dessus de la campagne, attentive à chaque clôture, à chaque branche tombée sur le sol, à chaque ornière creusée sur la route, à chaque souris ou musaraigne.

En revanche, elle ignorait où trouver Bean ou Jack – ce qui aurait été diablement plus utile.

Comme elles parcouraient un long trajet en ligne droite, Esther regarda Pell et lui demanda, d'un ton laissant supposer que la réponse ne lui importait guère :

– Votre père est pasteur ?

Pell hocha la tête, déconcertée par une telle capacité à deviner les choses.

– Oui, c'est un homme de Dieu non conformiste. Qui ne vit sous notre toit, à Nomansland, que quand personne ne le paie pour aller prêcher ailleurs.

Esther détourna la tête, un étrange sourire aux lèvres.

– J'ai connu un tel homme autrefois.

– Ils sont beaucoup à vivre ainsi.

– C'est vrai.

Puis :

– J'espérais bien le revoir.

Pell fronça les sourcils.

– Quand on rencontre ce genre d'hommes, c'est généralement qu'on n'a pas pu l'éviter.

– Il m'a fait du tort, dit-elle sans donner davantage de détails.

Elles observèrent un moment de silence. Avant qu'Esther ne se tourne une fois de plus vers Pell, en esquissant un sourire.

– Et vous ? C'est pour chercher fortune que vous êtes partie de chez vous ?

– Je suis partie le jour de mon mariage.

Rejetant la tête en arrière, Esther éclata d'un rire approbateur. Puis les deux femmes se turent.

Leur repas de midi consista en une soupe maigre à base d'eau chaude et de pain, agrémentée d'un morceau de lard et d'une poignée de mûres. Esther bourra une pipe en terre et se mit à tirer dessus en sirotant son thé. Pendant ce temps, Pell, qui avait pris Evelina sur ses genoux, lui montrait son livre illustré de dessins d'oiseaux. L'enfant avait les yeux rivés dessus. Pell réalisa qu'elle n'avait encore jamais vu de livre. Avec une fascination quasi religieuse,

81

la petite fille désignait en silence chaque oiseau – maintenant son doigt à distance des images comme si elle craignait de les toucher. Pell lui en dit les noms anglais – qu'Evelina traduisait en langue rom, en même temps qu'elle imitait le cri de chacun d'entre eux. Son préféré était le dessin – au crayon et à l'aquarelle – d'un macareux. Elle écarquilla les yeux à sa vue, stupéfaite qu'un tel oiseau, avec son gros bec et ses pattes orange, puisse exister.

Même après que Pell eut rangé l'ouvrage, la fillette ne bougea pas, fixant l'endroit où il s'était trouvé, espérant qu'il revienne. Quant à Pell, elle scrutait Evelina, souhaitant que son petit visage dur puisse se substituer pour elle à celui du garçon muet qu'elle avait perdu.

Plus tard, Pell la trouva accroupie et occupée à dessiner sur le sol, à l'aide d'une brindille, sa propre version du macareux tandis que les autres enfants, rassemblés autour d'elle, s'esclaffaient, incrédules. Remarquant que Pell l'observait, la fillette cessa de dessiner et, digne et silencieuse, soutint son regard en attendant qu'elle parte.

Esme, qui jaugeait Pell d'un air triste et scandalisé depuis leur départ, s'obstinait à la foudroyer des yeux chaque fois qu'elles se croisaient – comme si elle attribuait la disparition de Bean à une négligence de sa sœur. Elle avait une manière déconcertante de sembler sortir de nulle part en sifflant sans cesse la même question : *Où est Bean ?*

Eammon et Errol avaient d'autres jeux en tête, comme courir à travers la plaine à la recherche de choses à manger. Ils s'esquivaient si souvent, et pendant si longtemps, que nul ne semblait s'inquiéter de leur absence ni s'étonner de les voir apparaître de loin en loin avec un poulet efflanqué ou un lapin pour le repas. Pell demanda à Esther si elle ne craignait pas de les perdre. Celle-ci répondit que si un ou deux des enfants venaient à manquer, ça ferait plus de nourriture pour les autres. Rien, dans son expression, n'indiquait qu'elle plaisantait.

Un soir, les garçons revinrent avec un sac qu'ils trimballaient depuis un moment – tantôt le traînant, tantôt le portant. Ne s'embarrassant plus de scrupules, Pell se réjouit à l'idée de consommer de la viande au dîner. Mais ils tirèrent du sac une chose qui gigotait et geignait, soulagée de revoir la lumière. Un pelage noir et gris soyeux, des museaux pointus, une seule masse enchevêtrée partant dans tous les sens, dotée de deux queues virevoltantes. Une fois séparées, les bêtes leur parurent aussi laides que des lapins dépecés – tout en pattes osseuses, en longs pieds plats... Et, se désolait Pell, deux bouches de plus à nourrir. Quand elle demanda aux gamins ce qu'ils comptaient en faire et s'ils l'autorisaient à les fourrer dans la marmite, Eammon eut un grand sourire. Attrapant le mâle par la peau du cou, il le tendit à Pell :

– Il est pour toi.

L'ennui avec les animaux, c'est cette façon qu'ils ont de vous harponner du regard – et plus la bête est maigre, plus ses yeux sont grands et avides.

– Reprenez-le ! s'écria-t-elle, tandis que les garçons s'éloignaient déjà dans une pirouette.

La bestiole parvint Dieu sait comment à grimper à moitié sur ses genoux, sans laisser à Pell le temps de la repousser. Impatiente, elle se tourna vers Eammon.

– Il t'aime bien, dit-il, hilare.

Pell avait le cœur trop éprouvé pour supporter le poids d'un nouvel attachement. Elle passa le quart d'heure suivant à tenter d'extirper l'animal de sa manche ou de dessous ses jupes, ou à l'empêcher de s'enrouler autour de ses pieds. Sans doute avait-il été volé, pensait-elle, et son propriétaire lui manquait-il.

Esther regardait les chiots sans attendrissement. Ce n'étaient plus des bébés, mais des adolescents efflanqués, assez vieux pour avoir perdu leurs petites dents pointues et leurs adorables expressions.

– La personne à qui ils appartenaient ne se souciait pas tellement d'eux, déclara-t-elle.

C'est ce que tous pensaient, surtout quand Eammon leur eut expliqué qu'ils étaient déjà dans un sac – avec une grosse pierre pour faire bonne mesure – lorsqu'ils les avaient trouvés.

Les autres gamins s'emparèrent des chiots et leur firent des mamours jusqu'à ce que les malheureuses créatures, épuisées, appellent à l'aide avec force geignements. Pell ne put que les récupérer et les nourrir de morceaux de pain jusqu'à ce que, blottis l'un contre l'autre, ils ferment les yeux avec un petit gémissement. Pell ne dîna guère mieux qu'eux. Au moment de dormir, les enfants embarquèrent la femelle alors que Pell repoussait le mâle, qui se recroquevilla piteusement sur le sol froid. Pour finir, à demi assoupie et très agacée, Pell prit le chiot grelottant et le garda près d'elle sous la couverture. Dans un soupir de satisfaction presque humain, celui-ci pressa la tête contre le cœur de Pell et s'endormit aussitôt.

Le lendemain, elle se leva à l'aube pour allumer le feu, l'animal la talonnant ou venant se fourrer entres ses jambes. Elle baissa la tête : le chien avait beau l'implorer des yeux, pas question de lâcher quoi que ce soit – ni pain ni affection. Grâce à Eammon et Errol, qui les emmenèrent dans les champs en sifflotant, elle put enfin chasser les bêtes de son esprit.

Le thé était à peine infusé que les garçons revenaient avec trois beaux lapins tués dans les règles. Les chiots se réjouirent d'avoir une carcasse à mâchouiller, en plus des petits bouts de peau et d'os qui ne finirent pas dans la marmite. Quelques bons repas plus tard, les deux chiots ressemblaient un peu moins à de vilains corbeaux et – les lapins dans la marmite aidant – Pell éprouvait davantage de reconnaissance à leur endroit. Non qu'elle eût son mot à dire, de toute manière.

Dans la journée, les deux bêtes se mêlaient à la tripotée d'enfants. Le soir, on envoyait la femelle dormir sous la roulotte tandis que le mâle attendait que Pell soit endormie avant de se glisser en silence sous ses couvertures. À son réveil, il était là, le dos collé au ventre de Pell – comme Bean, autrefois – et la tête au plus près du cœur de la jeune fille.

Au début, ils n'avaient pas de nom. Les gamins les appelèrent Chien et Coquin. Et bien que Chien soit une femelle et que Pell eût voulu trouver mieux, leurs noms leur restèrent.

16

La famille du père de Pell était constituée de pasteurs de la pire espèce : charmants immoraux, débraillés, des gagne-petit incapables de nourrir leurs enfants ou d'avoir un comportement digne d'hommes d'Église. Chaque génération en engendrait une autre, plus séduisante et lamentable que la précédente, inapte à gagner sa vie comme à guider les âmes – sauf vers l'auberge la plus proche. Leur religion se situait à la marge et le père de Pell – n'ayant sa place, vu son éducation, dans aucune sphère de la société – concentrait tous les péchés de ses aïeux en se présentant à la fois comme un non-conformiste et comme un méthodiste primitif ayant une croyance inébranlable en l'amour de Dieu pour les pauvres et les faibles. Une chance, songeait Pell, étant donné l'état de ses finances et son tempérament. Quant à la famille de sa mère, leur plus grand sens des responsabilités était neutralisé par un penchant pour les unions désastreuses.

La plus grande qualité de son père, c'était d'être si souvent absent. S'il cachait aux siens ses aventures de pasteur itinérant, la rumeur allait bon train. Un beau jour, il rentra chez lui avec un bébé si bien enveloppé dans ses langes qu'on aurait dit un haricot et que le surnom, Bean, lui resta. Il le confia à sa femme pour qu'elle l'élève comme un des siens. Ridley ne précisa jamais de qui était l'enfant. Mais celui-ci, avec ses cheveux noirs et ses yeux immenses, ressemblait suffisamment à un ou deux gosses de la nichée pour qu'on puisse se faire une idée de qui était le père.

Birdie, à l'inverse, avait dans sa famille des gens travailleurs, honnêtes et pleins de ressources. Son père, son grand-père et son arrière-grand-père avaient voué leur vie à l'élevage du bétail. Tout ce que Pell ne savait pas d'instinct sur les animaux, c'est la famille de Birdie qui le lui avait appris, et c'est le jeune homme lui-même qui lui avait offert Jack. Même si, à l'époque, un tel cadeau ne risquait pas de faire de jaloux.

Au début, le poney avait une drôle d'allure, avec ses articulations noueuses et épaisses sous sa robe de couleur terne. Pataud et mal fichu de partout – apparemment, du moins – il avait été rejeté par sa mère, une bête ombrageuse et impatiente qui n'avait pas grand-chose pour elle, et, de surcroît, ne donnait pas assez de lait. Aucune des autres juments n'avait voulu l'allaiter.

Le père de Birdie était décidé à le laisser mourir, ne pensant pas pouvoir en tirer grand-chose. Mais, cédant aux supplications de son fils, il avait fini par lui donner le poulain – que Birdie avait lui-même donné à Pell. Ayant tout de suite compris qu'il s'agissait d'un cadeau empoisonné, la fillette le prit néanmoins en pitié. Elle le hissa sur ses genoux et trempa les doigts dans du lait de jument, avant de les lui donner à lécher. Le malheureux animal fut si mécontent de l'intervention de Pell que, se ressaisissant, il se dégagea et but tout seul au seau comme pour dire : *Bon les gars, j'espère que vous êtes satisfaits maintenant !*

C'est alors que Pell eut l'intuition que son cadeau valait peut-être quelque chose. Pendant un temps, on le mit à l'écurie avec un poney bigleux à peine plus gros qu'un chien, mais c'est Pell qu'il prenait pour sa mère. Le père de Birdie secouait la tête à leur vue, en songeant que c'était perdre son temps d'élever cette affreuse bestiole. Mais Jack était un petit obstiné dont le regard vous aimantait. À la fin de l'année, sa robe avait commencé à passer du gris noir au gris. Contre toute attente, on aurait dit que son pelage s'unifiait. À trois ans, il était d'un blanc immaculé, à l'exception du museau et d'une tache noire, de la taille d'une pièce de monnaie, sur le flanc gauche. Il avait une grosse tête intelligente, une encolure épaisse et arquée, et des allures si souples et élégantes que nul n'aurait eu idée de se demander pourquoi Pell l'avait sauvé. On racontait que des pur-sang arabes avaient été croisés avec des poneys un siècle plus tôt afin d'améliorer la race, et que cette race ressortait une ou deux fois par génération. Même sans connaître l'existence d'un tel aïeul dans la lignée, on pouvait la soupçonner tant Jack différait des autres bêtes par l'aspect et la taille, leur étant bien supérieur, en dépit de son étrangeté.

Pell commença à le monter dès qu'il fut assez fort pour supporter son poids. Ça ne sembla pas le déranger, tout au plus tourna-t-il la tête pour regarder cette chose nouvelle qu'il avait sur le dos. Quand Jack eut trois ans et des poussières, Pell et lui parcoururent la lande en compagnie de Birdie et de sa jument Maggs. Parfois, elle se contentait de le faire aller au pas ou au petit trot avec de longues rênes, afin qu'il s'habitue à elle. Et puis, un beau jour, Maggs faillit piétiner une bande de perdrix qui s'envolèrent, affolées, tandis que, surprise par le battement de leurs ailes, elle partit d'un galop effréné. Birdie se cramponnait à sa jument pour sauver sa peau. Jack sembla considérer la situation, puis décida de suivre – lui aussi se mit à galoper. Pell se l'imaginait déjà la jambe coincée dans un terrier de lapin et se voyait elle-même mourir, la nuque brisée. Mais on aurait dit que Jack savait d'instinct comment faire, dans un champ criblé de trous, pour les éviter tous. Et il avait bien d'autres talents – car ce jour-là, Pell le découvrit également capable de voler.

Âmes sensibles terrorisées à l'idée du danger que représente un cheval emballé, songez à cela : à la vitesse de l'eau glissant sur les pierres, à cette sensation de vol plané et de plongeon pendant que le monde tourbillonne autour de vous et que le vent tend la peau sur vos os. Vous pouvez fermer les yeux et vous perdre dans la cadence car vous aurez beau agir, crier, ou souhaiter Dieu sait quoi, rien ne se produira tant que la cavalcade n'aura pas, d'elle-même, décidé de cesser. Alors, accrochez-vous bien tout en vous laissant emporter par le balancement du cheval, détachez votre esprit du quotidien, et restez là, dans l'œil du cyclone, à espérer que cette sensation ne disparaîtra pas avant que vous ne soyez de nouveau fin prêt à reprendre une vie banale.

Le problème de Pell, c'est que pour elle ce moment n'était jamais venu.

17

Les petits gitans passaient le temps à courir, faire des roulades, se ruer entre les jambes du cheval et se disputer le peu qu'il y avait à manger. Ils se relayaient sur Moses, qui avait les pieds couronnés de touffes de poils et allait d'un pas lourd et régulier. Ils se tenaient en équilibre dessus, tels des artistes de cirque, sans que la bête ne prête attention à ces poids plume. Quand l'un des gamins se lassait, il se laissait glisser à terre et permettait à l'un de ses frères et sœurs de prendre sa place. Leur mère n'intervenait pas – hormis par un regard ou un *Tssss !* censés signaler un danger. Le vacarme et l'agitation distrayaient Pell de ses propres soucis, ce dont elle était reconnaissante.

Après une autre matinée dans la plaine, ils commencèrent à s'enfoncer dans une vallée accidentée. Esther s'arrêta et lança :

– Regardez !

Pell jeta un coup d'œil dans la direction indiquée par la gitane. Sa surprise fut telle que son cœur se figea. Si elle avait entendu parler de telles choses, jamais elle n'aurait imaginé en voir une de ses propres yeux. Tourné vers la

gauche, les quatre jambes prêtes à bondir, la longue encolure arquée se déployant vers le sommet de la colline... Sans
doute avait-il été d'un blanc immaculé. À présent, ses
contours se fondaient dans la verdure environnante et l'élégant animal taillé à même la colline de craie s'estompait
un peu, tacheté par la végétation. Néanmoins l'esprit en
demeurait intact.

– La légende prétend qu'il avait un cavalier, un petit garçon, dit Esther d'un air rêveur.

Esme fronça les sourcils et jeta un regard noir à Esther,
le petit garçon n'étant plus là.

Elles auraient pu passer la journée à le contempler. Mais
Esther fit claquer les rênes et, levant sa tête puissante,
Moses se remit en marche. Pendant près d'un kilomètre,
le cheval resta là, sur leur droite, sa silhouette se modifiant
au fur et à mesure de leur progression. Enfin, elles
s'engouffrèrent dans un bois et l'animal sortit de leur
champ de vision.

À midi, le soleil d'automne avait chassé la fraîcheur du
matin et c'est par une belle soirée qu'elles finirent par quitter la route principale. Esther fit halte dans un campement
de gitans, avec lesquels elle échangea quelques mots. Puis
elle conduisit sa famille sur un sentier étroit, donnant sur
une clairière paisible et invisible depuis la route car protégée par une longue haie. Esther prépara un feu de camp
et mit l'eau à bouillir pendant que Pell emmenait paître
Moses. Elle observa l'animal alors qu'il chassait les mouches
à coup de crinière et de queue. Son propre cheval blanc
lui trottant encore dans la tête, Pell essuya ses larmes d'une
main impatiente.

Elspeth alla chercher une pile de tasses et une théière en porcelaine. Elle maintint celle-ci de ses deux mains tandis qu'Esther versait l'eau chaude sur les feuilles séchées.

– J'ai à faire dans le sud, déclara Esther. C'est donc là que nos routes se séparent.

Pell eut un pincement au cœur. Esther touillait son thé puis le sirotait dans un sifflement, par l'intervalle entre ses dents de devant. Cette nuit-là, Pell dormit mal, rêvant de Nomansland.

Le lendemain matin, elles parvinrent à une borne en pierre indiquant la direction de Southampton et, à l'opposé, celle de Pevesy. Esther dit adieu à Pell d'un simple signe de tête, son attention déjà fixée sur la route à parcourir. Les circonstances l'avaient forcée à reporter l'exécution d'un projet des années durant, expliqua-t-elle. Elle avait hâte de rattraper le temps perdu.

Les enfants se groupèrent autour de Coquin, tristes de voir le jumeau de Chien s'en aller de son côté.

– Vous n'avez qu'à le prendre avec vous, dit Pell à Eammon.

Avec un grand sourire, le jeune garçon tenta d'entraîner Coquin dans le sillage de la roulotte. Mais, s'opposant à ce plan, Esther chassa le chien, qui détala aussitôt.

– J'espère que vous retrouverez le petit garçon, lança Esther à Pell, sans lui accorder un dernier coup d'œil.

Alors qu'ils s'éloignaient, Esme jeta un caillou par-dessus son épaule, geste qui signifiait « bon débarras ». Seul Chien et Evelina lui adressèrent un regard ému.

Pell suivit la roulotte des yeux, totalement abattue. Seule, pauvre, misérablement vêtue et s'étant fixé une mission absurde, elle se demanda si même Nomansland n'offrait pas mieux que ça.

Elle dépensa ses derniers sous pour acheter une miche de pain brun. Elle le rompit et agrémenta son morceau avec du romarin et du lard fumé. Les immenses yeux de Coquin étaient si pleins de douceur et d'amitié inquiète – et si implorants – que Pell finit par lui abandonner un bout de croûte. Mais loin de se jeter dessus pour l'avaler aussi sec, le chien le renifla précautionneusement, à croire qu'il hésitait : mourir de faim, ou manger des miettes. C'était une drôle de bestiole, prêt à brouter l'herbe, ou tout ce qui lui tombait sous la dent, même si les lapins constituaient sa vraie passion. Pell le voyait se figer, les oreilles dressées, le corps raidi par l'excitation. Retenant sa respiration, elle attendait, attendait et, au dernier moment, lui soufflait un « Vas-y ! ». Il se lançait alors dans une course effrénée et jubilatoire. Il lui arrivait de la remporter, mais parfois le lapin s'échappait... Qu'importe, Pell ne se lassait jamais du spectacle.

Son bout de chemin avec Esther avait été dicté par une série de choix précis : « Ce champ-ci est exposé au soleil le matin. » « Personne n'aura idée d'approcher cette grange. » « Dans un kilomètre, on s'arrête. » Pell, quant à elle, ne savait ni où aller, ni quel champ était en jachère à telle ou telle période de l'année, ni où trouver une clairière ensoleillée dans un bois protégé des regards. En tant qu'étrangère, elle était vouée à éveiller les soupçons, même si elle n'avait pas eu le chien de gitans à ses côtés. Contrainte d'être constamment à l'affût d'un endroit où dormir, elle ne se sentait pas tranquille avant de l'avoir trouvé. Une fille dotée pour seul compagnon d'un cabot à l'expression coupable avait tout intérêt à avoir un toit au-dessus de sa tête une fois la nuit tombée.

Le soir, tout le monde était dehors. Les gamins jouaient dans la poussière, les poules picoraient les vers de terre, les chats rôdaient, les femmes se penchaient par-dessus les clôtures pour échanger des ragots, les hommes revenaient du travail. Quand Pell traversait les villages, tous se taisaient et la fixaient – six, huit, dix paires d'yeux rivées sur elle tandis qu'elle passait avec une lenteur extrême. Elle esquissait un sourire si l'un des villageois venait à lui rendre son salut. Sinon, elle ne regardait ni à droite ni à gauche.

Sans attendre qu'elle soit suffisamment éloignée pour ne plus les entendre, ils commençaient à murmurer, se lançant dans des conjectures sur ses origines, le mystère de sa personne, les raisons poussant une fille *comme ça* à partir de chez elle et à errer seule sur les routes avec un chien, *et à une heure pareille*. Même s'ils gardaient le silence, Pell lisait leurs pensées aussi clairement que s'ils les avaient exprimées à voix haute, pour avoir elle-même vécu dans un endroit semblable. Quant à Coquin, rien pour lui, hormis des pierres et des jurons. C'était pourtant une brave bête, aimant aller vers les autres.

Ce soir-là, Pell s'arrêta devant la grille d'un jardin afin de demander à une jeune femme si elle lui échangerait un lapin bien gras contre des fruits de son verger. Elle repartit son tablier rempli de poires fermes et sucrées, d'un gros morceau de fromage et d'une tranche de pain beurré.

Pell se pencha pour remercier Coquin. Il en profita pour saisir une poire avec les dents. Se retirant sur le bord de la route, il se mit à la mâchouiller.

Elle lui jeta un caillou. Il leva vers elle des yeux offensés avant de reporter son attention sur le fruit.

Ils poursuivirent leur route.

18

En lisière de la New Forest, Moses balança son poids d'un sabot sur l'autre et soupira de satisfaction. Combien de fois Esther lui avait-elle fait franchir la plaine de Salisbury pour y exercer les talents grâce auxquels elle avait choisi, cette semaine-là, de nourrir ses enfants ? Quelle joie de faire halte en ce lieu, par cette tiède soirée d'automne, avec de l'herbe jusqu'aux genoux tandis que le monde, autour d'eux, plongeait peu à peu dans l'obscurité. Dans la clairière résonnaient sans trêve les cris et ricanements déchaînés des enfants d'Esther. Enfin la nuit tomba et ils grimpèrent un à un dans la roulotte, se couchèrent, et se turent.

Si quelqu'un était venu à passer, il n'aurait rien entendu hormis le reniflement d'un cheval somnolent ou la plainte d'un enfant agité.

L'espace de quelques heures, Esther laissa les enfants seuls. Elle avait un vieux compte à régler à Nomansland, à quelques kilomètres de là. Il concernait deux graves offenses remontant à près de dix ans, dont elle n'avait pas encore eu l'opportunité de se venger. Et sans doute n'y serait-elle jamais parvenue si elle n'avait croisé, à la foire de Salisbury, une connaissance depuis longtemps perdue de vue.

Elle s'apprêtait à renouer les liens.

L'auberge qu'elle recherchait était particulièrement mal située : aux abords de Nomansland, dans un entre-deux, l'avant du bâtiment se trouvant dans le Hampshire, l'arrière dans le Wiltshire. Il était rare qu'une femme y pénètre – a fortiori une femme dans le genre d'Esther. Elle se planta donc dehors et attendit, attendit... jusqu'à en avoir assez d'attendre. Quand elle entra dans l'auberge, des hommes la suivirent des yeux, une expression hostile sur le visage, se demandant ce qu'elle venait faire là.

Il ne la reconnut pas tout de suite.

– J'ai tellement changé ? demanda-t-elle dans un rictus. Pas toi.

– Nul n'échappe au temps qui passe, marmonna l'homme, mal à son aise, quittant son siège près de la cheminée.

Elle soutint son regard.

– Certains changent plus que d'autres. Prends le cas d'un bébé... Même sa propre mère aurait du mal à le reconnaître.

L'homme écarquilla les yeux. Puis, d'un pas légèrement vacillant, il sortit précipitamment de l'auberge, suivi par Esther. Il l'entraîna à l'abri des oreilles indiscrètes, bomba le torse et, du ton dont il se servait pour faire trembler ses paroissiens, lui dit :

– Aurais-tu souhaité que j'abandonne l'enfant à une vie exempte de valeurs chrétiennes ?

Esther haussa les épaules.

– Il a bien été conçu sans ça.

– Mais un enfant chrétien... bredouilla le pasteur... Il fallait une famille chrétienne pour l'élever !

Cet argument fut sans effet.

– Tu m'avais promis une somme d'argent en échange.

– C'est vrai, mais les temps étaient durs...

Le regard impassible d'Esther jeta soudain des éclairs.

– Comment ça, durs ? J'avais demandé à avoir un sixième enfant ? Tu pouvais prendre le bâtard, à condition de respecter les termes de notre accord. Or je n'ai rien reçu. En attendant, mes cinq autres gosses ont failli mourir de faim, rejetés par le père qui les avait engendrés, *eux*. Il a cru au mensonge que tu lui as raconté... Que l'enfant avait été conçu dans le désir... *Que j'étais consentante.*

Ridley jetait des coups d'œil alentour, tel un lièvre cherchant un fourré.

– Tu veux quoi ? Je n'ai pas d'argent, et le garçon est parti.

Et alors il se mit à marmonner Dieu sait quoi à propos des voies du Seigneur. Elle s'avança et, la bouche affreusement déformée par la haine, lui cracha au visage.

– Ma religion est moins impie que la tienne !

Le pasteur chancela comme s'il avait pris un coup puis entreprit de battre en retraite, sonné par le choc, l'alcool, ou l'effet conjugué des deux. Esther – qui le suivait à bonne distance – le vit entrer chez lui. Assise dans un bosquet, à l'abri des regards, elle resta un long moment à l'affût, tout en fumant sa pipe. Elle avait patiemment attendu que l'enfant quitte la famille. Ça aurait pu prendre dix ans de plus, voire vingt. Aucune importance. Elle avait tout son temps.

Elle vit une jeune fille et trois gamines quitter la petite maison, à la nuit tombante, pour aller tirer l'eau du puits. Depuis l'intérieur du cottage lui parvint un ronflement semblable au râle d'un agonisant.

Un peu plus tard, ayant accompli ce qu'elle était venue faire à Nomansland, Esther retrouva ses enfants. Tôt le lendemain matin, ils traversèrent la plaine de Salisbury en toute hâte pour atteindre, au crépuscule, une grande propriété avec un verger isolé où ils avaient souvent passé la nuit en paix, ces dernières années.

Depuis leur campement parmi les pommiers, les enfants firent une percée discrète sur les pelouses ondulantes de Lord Hayward, afin d'entrevoir ses splendides écuries. Elles comptaient une soixantaine de chevaux, dont une armée de valets en livrée avait la charge. Si – au lieu d'être chassés avec force menaces et gronderies – les gamins avaient pu avoir accès aux bâtiments et errer librement entre les impeccables rangées de boxes, ils auraient pu tomber sur un poney croisé pur-sang blanc et trapu, récemment acquis dans des circonstances assez inhabituelles pour Caroline, la fille de George Hayward.

19

Pell sentit un frisson la parcourir tandis qu'ils quittaient le village. Elle resserra le châle autour de ses épaules, pressant le pas le long d'un chemin plongé dans l'ombre par un haut mur de brique. À peine vit-elle une porte sur la longue façade nue du bâtiment qu'elle s'y faufila, dans l'espoir de trouver où dormir. À l'intérieur, le mur conservait la chaleur du soleil couchant.

Elle marchait d'un pas pressé, talonnée par Coquin. Elle était sur le qui-vive, à l'affût de qui voudrait les chasser. À l'autre bout des jardins et des champs, elle apercevait une ferme aux belles proportions d'un style composite, mêlant toiture en pignon et arches gothiques. Même de loin, le lieu paraissait abandonné. S'il restait des domestiques pour tenir la maison en l'absence de son propriétaire, Pell n'en voyait pas trace. Congédiés, songea-t-elle, ou partis gagner de l'argent ailleurs.

Elle suivit le mur jusqu'à parvenir à la première d'une enfilade de serres inscrites dans sa courbe. Baissant la tête pour passer sous une voûte, esquivant les plates-bandes et les fleurs montées en graine, elle atteignit une deuxième serre, puis une troisième et une quatrième. Enfin, elle pénétra dans un potager qui semblait avoir été mieux entretenu. La seule lumière provenait du ciel et Pell distinguait à peine de gros choux, des haricots verts enroulés sur des tuteurs qui lui arrivaient à hauteur du front et des touffes de fenouil foisonnantes et délicates. Le long du mur ouest, elle discernait les contours d'arbres fruitiers en espalier. Pommiers et poiriers, regorgeant de fruits mais non taillés, étiraient leurs branches dans le jardin, ravis d'être libérés de la symétrie. Pell tira sur les fanes d'une carotte et déterra un tubercule long comme son avant-bras, planté l'année précédente et poussant là, sans surveillance, depuis des mois. *Jack va adorer,* se dit-elle par réflexe.

Toujours pas d'abri. Mais, dans le potager, l'air était étonnamment doux. Sourcils froncés, Pell plaqua une main contre le mur sud, dont la tiédeur ne pouvait provenir du seul fait d'avoir emmagasiné la chaleur de la journée. En le longeant, elle parvint à un immense foyer creusé à l'intérieur du mur, où fumaient encore les braises d'un grand feu de bois. Elle avait déjà vu de telles constructions : des galeries peu profondes faisaient circuler la chaleur par les murs afin d'augmenter la température des serres. Le mur conservait sa chaleur plusieurs heures après que le feu s'était consumé. Sentant le froid pénétrer ses chairs, Pell eut la nostalgie des nuits où elle se lovait contre les briques tièdes. Il devait bien y avoir une cabane de jardin ou un autre lieu couvert non loin de là, pensa-t-elle, la panique l'envahissant maintenant que la nuit était tombée – une nuit sans lune. Il lui fallut tâtonner le long du mur, en enjambant des enchevêtrements de plantes. Soudain le mur fit place à un autre foyer, vide cette fois-ci. Elle s'y accroupit, scrutant ses galeries peu profondes. La chaleur du feu s'y était accumulée tout au long du jour, rendant le renfoncement aussi confortable que le terrier d'un blaireau – mais pas plus propre pour autant. Dehors, la température baissait toujours. Si seulement elle parvenait à s'enfouir suffisamment dans le mur pour se réchauffer et ne pas risquer d'être vue...

En se tortillant, elle se hissa et s'enfonça du mieux qu'elle put dans la galerie pleine de suie, au pied de laquelle Coquin poussait des gémissements. Pell y était à l'étroit mais au sec. À l'intérieur flottaient des relents de musc, de terre et de fumée mêlés. Même avec son odorat peu développé d'être humain, elle parvenait à identifier distinctement les odeurs du renard, du blaireau et du rat. Elle n'était visiblement pas l'unique créature à s'être réfugiée ici par une nuit froide. Elle rampa un peu plus avant, là où la galerie s'élargissait un peu, et jugea que ça ferait une couche plus ou moins confortable. Elle s'y pelotonna, les épaules et les hanches reposant sur une pauvre couche de feuilles et d'herbe apportée là par les précédents occupants. Elle arrangea son châle pour se protéger le mieux possible de la suie, bien qu'elle eût la déprimante sensation d'être déjà sale de la tête aux pieds.

Elle appela Coquin, qui poussait des gémissements, rechignant à la suivre. Cédant enfin, il s'insinua péniblement dans la galerie et se glissa dans l'intervalle, fin comme une lame de couteau, entre le mur et sa maîtresse. Il humait l'air en émettant de petits cris, excité par l'odeur musquée de proies potentielles. Pell le saisit par la peau du cou et le maintint serré contre elle, craignant qu'il ne s'enfonce dans les galeries et ne s'y retrouve coincé. Après de vives protestations, il cessa de lutter. Amadoué par la chaleur exquise et par la présence de Pell, il resta couché dans l'obscurité veloutée.

L'agitation de Pell diminua et elle sombra dans un demi-sommeil. Elle s'imaginait en train d'hiberner dans un nid douillet bien protégé du froid. Elle songea à la maison qu'elle avait quittée, à ces nuits où deux de ses sœurs et elle se pressaient les unes contre les autres pour se tenir chaud. Et ainsi, elle réussit à bien dormir.

Coquin se réveilla tôt et, incapable de faire demi-tour dans l'espace exigu, poussa un grognement de détresse. Jetant un coup d'œil en direction de ses pieds, Pell distingua alors une silhouette accroupie devant l'ouverture et faisant écran à la faible lueur du jour. Elle eut la désagréable sensation d'être prise au piège. L'odeur de renard et de blaireau éveillait en elle une terreur instinctive. Traînant le chien derrière elle, Pell s'extirpa de la pénombre de la galerie et déb:oula maladroitement dans le foyer de la cheminée. La silhouette manqua de tomber à la renverse.

– Dieu tout-puissant ! s'exclama-t-on.

Elle vit un jeune homme en culottes courtes et tunique de lin. Le visage large, les traits grossiers, il allait pieds nus. Dans ses bras, un fagot.

– Désolée de t'avoir fait peur, dit-elle.

Elle se redressa. Ses vêtements et sa peau étaient noirs de suie. Toutes sortes de saletés collaient à ses vêtements, des brindilles et des feuilles écrasées lui tombaient des cheveux. Le garçon la fixait, les yeux exorbités.

– Vous êtes quoi ? demanda-t-il lentement, avec un accent à couper au couteau, visiblement sous le choc.

– Mon nom, c'est Pell, répondit-elle d'une voix douce. Je te demande pardon – ajouta-t-elle amusée – mais j'ai dormi dans le mur !

Elle sourit, consciente de l'allure qu'elle devait avoir. *Pourvu qu'il ne donne pas l'alarme.*

– Vous êtes... une personne ?

– Évidemment ! Quoi d'autre à ton avis ?

– Qu'est-ce j'en sais, m'zelle ! Pourquoi que quelqu'un irait dormir dans un mur ?

Pell haussa les épaules.

– Il faut bien dormir quelque part.

– Mais j'allais allumer les feux. Vous auriez pu brûler vive !

– Oui, j'aurais pu.

Il ne répliqua pas immédiatement. Au lieu de quoi, il regarda derrière lui.

– C'est dangereux de dormir là, m'zelle. À cause du feu. Et parce que M'sieur Pottle il aime pas trop qu'on traîne par ici. Surtout les gens qu'ont rien à y faire.

– C'est bon, je m'en vais. Attends... Je cherche un enfant. Et un cheval.

Le gamin la regarda, pantois.

– *Dans le mur,* que vous les cherchez ?

– Non, rétorqua-t-elle d'un ton grave. Ils ont été kidnappés. Par un homme qui m'a volé de l'argent.

Elle lissa sa jupe. Elle avait les jambes lourdes, et son épaule lui faisait mal, pour avoir été toute la nuit coincée contre la brique. Si seulement elle avait eu un tablier

104

propre – et non le même depuis une semaine, qu'elle portait du côté le moins taché, et qui était à présent couvert de suie.

– Triste histoire, m'zelle, dit le gosse en regardant pardessus l'épaule de Pell et en ne l'écoutant plus que d'une oreille. Désolé, mais maintenant vous d'vez vraiment partir ! Dépêchez-vous, avant que M'sieur Pottle ait vent de ce qui s'est passé. Je vais vous montrer le trajet le plus court.

Il s'élança au-devant d'elle au pas de course, encombré par son fagot, se retournant à chaque seconde afin de la presser davantage. Pell et Coquin le talonnaient – ce dernier s'arrêtant de temps à autre pour flairer les alentours et y laisser sa marque.

– Pardonnez-moi, m'zelle, souffla le gamin sans cesser de courir. Mais vous voyagez seule ?

– Oui, seule avec mon chien.

– Ah, dit-il alors que Pell ne distinguait que son profil. C'est juste... je me demandais...

– Quoi ?

– Une fille comme vous. C'est bizarre...

– Je n'ai personne.

Il se figea, horrifié.

– Mais... Où qu' vous allez comme ça ?

– À Pevesy. Là-bas, il y a un homme qui...

Le visage du garçon s'éclaira.

– Mais, m'zelle ! Je suis de Pevesy ! Mon frère y vit toujours, auprès de notre mère.

– Je recherche un homme avec deux chiens. Un braconnier.

Pell eut un serrement au cœur : pareille description ne la mènerait nulle part.

Le gosse semblait sceptique.

– Vous pourriez lui demander... À mon frère je veux dire. Le fils du forgeron.

Pell aperçut, au loin, un vieillard aux jambes arquées qui se dirigeait vers eux à vive allure, en poussant une brouette sur la pelouse de la grande maison. Le garçon suivit son regard.

– M'sieur Pottle ! glapit-il.

Et il décampa, répandant son fagot partout autour de lui.

– Attends ! lui cria Pell. C'est quoi, le nom de ton frère ?

– Robert ! Robert Ames !

Depuis le sentier, elle lui adressa un geste de la main tandis qu'il s'éloignait. Puis elle se mit en route. Elle ne s'arrêta pas avant que le chemin ne décrive un grand coude. Alors, jetant un coup d'œil en arrière, elle ne reconnut rien de familier.

20

Pell passa la froide matinée à gravir une colline d'un pas ferme. Elle suait de fatigue et frissonnait tout à la fois, à cause de la fraîcheur de l'air sur ses vêtements humides. Avec un trajet moins ardu, elle aurait pu profiter davantage du paysage : d'ondulantes prairies crayeuses s'étendant dans toutes les directions, un ciel moucheté de petits faucons décrivant des cercles, impatients de migrer vers le sud. Elle dépassa des bosquets de genévriers menant à des plaines encaissées – mais chaque descente était suivie d'une montée. Enfin, depuis le sommet d'une énième colline, Pell aperçut le clocher de l'église de Pevesy qui, tout en bas, et loin devant, annonçait la ville. Elle n'osait pas descendre, sale comme elle était.

Ils trouvèrent un cabanon en bois au toit intact, en retrait du chemin. Elle dîna d'un morceau de pain et de bière aqueuse pendant que Coquin, dont le doux pelage hivernal dissimulait à peine les côtes saillantes, mâchouillait la carcasse de ce qui avait dû être un rat. Quand il vint vers elle, elle lui saisit le museau qu'elle secoua avec douceur. Il la regarda et, par un faible gémissement, lui exprima sa dévotion. Pell étala sur le sol une demi-balle de paille crottée et s'y enfouit, serrant Coquin contre elle pour se réchauffer. La nuit n'en parut pas moins interminable.

Ils se levèrent avant l'aube. Coquin se redressa à contrecœur et s'étira lentement, interrogeant Pell du regard au sujet du petit déjeuner. Tout autour d'eux, une lumière grise et brumeuse. Pour sa toilette, Pell allait devoir se contenter d'un mouchoir humide. Elle s'en frotta le visage, noircissant l'étoffe avec la suie de la veille. Nettoyer sa peau lui prit un bon moment. Pell coiffait et tressait ses cheveux quand le soleil apparut à l'horizon, lui remontant aussitôt le moral. En dépit du froid, elle retira son tablier crasseux et vérifia le contenu de la bourse qu'elle avait à sa ceinture, sachant exactement ce qu'elle y trouverait : juste de quoi se payer du pain pour les deux jours à venir. Et après, que ferait-elle ?

Ils descendirent une colline, traversèrent la rivière Avon sur un étroit pont de bois, et pénétrèrent dans la ville. À la boulangerie de Pevesy, Pell acheta une miche de pain de la veille, à moitié rassise. Ça ne découragea pas Coquin qui, fou de joie, emporta son croûton dans un coin pour l'engloutir aussi sec. Pell n'en resta pas moins sur sa faim. Chez elle, si l'on ne mangeait que rarement du lard, il y avait au moins un verger et une vache ; et à cet instant, elle rêvait de compote à la crème.

Après avoir dépassé des boutiques et des maisons en silex à damier et un grand moulin blanc déjà bourdonnant d'activité, elle flaira les effluves et reconnut les bruits de l'atelier du maréchal-ferrant – la forte odeur de rouille du métal chaud, le souffle du feu, le sinistre battement des marteaux et le halètement des soufflets. Elle se faufila à l'intérieur et se tint en un coin sombre, à l'abri des regards, déployant ses membres gelés dans la chaleur de la forge et inhalant un air enfumé mêlant charbon de bois, sueur et quelque chose qui évoquait le bonheur. Un jeune homme aux épaules larges et à la face noircie, portant un épais tablier de cuir, l'observait en tenant le pied postérieur gauche d'un lourd cheval de trait. Son visage lui était familier. Elle en avait vu, la veille, une version plus douce, moins bien définie...

– Bonjour ? lança-t-il, étonné de sa présence en ce lieu.

– Vous ne seriez pas Robert Ames ? s'enquit-elle.

Devant son hochement de tête, elle précisa :

– Votre frère m'a dit où vous trouver.

Elle éprouvait une timidité soudaine. Le jeune homme fronça les sourcils.

– Quel frère ? J'en ai des dizaines.

Dire qu'elle n'avait même pas demandé son prénom au gamin !

– L'aide-jardinier, dans la grande maison, du côté de...

Le jeune homme lui fit un clin d'œil.

– Ce n'est pas vrai, je n'en ai pas des dizaines. En quoi je peux vous être utile, d'après lui ?

Pell lui expliqua ce qu'elle cherchait, haussant la voix pour être entendue au milieu du vacarme de la forge et du marteau, tandis qu'il achevait de fixer un fer à crampons au sabot du cheval de trait. L'espace d'un instant il disparut parmi une gerbe d'étincelles.

– Allons dehors, dit enfin le jeune homme, libérant le pied de l'animal.

Pell le suivit dans la cour, où plusieurs chevaux étaient attachés côte à côte, exhalant de la buée et attendant patiemment leur tour.

– Je ne connais personne de ce nom. Quant à l'autre, l'homme aux chiens...

Il fronça les sourcils, haussa les épaules et secoua la tête.

– Vous êtes sûre qu'ils sont de Pevesy ?

Elle n'était sûre de rien.

– Désolé, dit-il.

– Moins que moi.

Elle aurait pu fondre en larmes.

– C'est peut-être indiscret, mais vous allez faire quoi à présent ?

Pell soupira.

– Il faut que je trouve du travail.

– Quel genre de travail ?

Elle hésita.

– Je m'y connais en chevaux.

– Moi aussi, s'esclaffa-t-il. Vous me voleriez mon gagne-pain ?

– Si seulement c'était en mon pouvoir monsieur Ames ! répliqua-t-elle avec un sourire.

– On va voir ça avec ma mère. Si vous voulez bien patienter jusqu'à l'heure du déjeuner, vous n'aurez qu'à venir avec moi.

Pendant ce temps, Pell se fit toute petite, ne voulant surtout pas déranger. À midi, le jeune homme guida Pell et Coquin à travers les rues de Pevesy. Ils marchèrent d'un bon pas, jusqu'à atteindre une porte bleue décorée d'un petit cheval blanc.

– C'est mon père qui l'a peint, expliqua Robert. C'est le cheval de craie de la colline. On dit que ça porte bonheur.

Je prendrai ce qui viendra, songea Pell.

Bien que la journée fût ensoleillée, le minuscule intérieur était plongé dans la pénombre. Sur la table, en guise de nappe, un chiffon sur lequel on avait disposé du pain, du fromage, du beurre, du jambon et un pichet de bière. Robert Ames présenta Pell à sa mère, expliquant qu'elle cherchait un homme du nom de Harris, ou un braconnier se déplaçant avec ses chiens, qui l'avaient volée. Pell s'étonna qu'il n'en dise pas davantage.

– Elle connaît notre Michael, se contenta-t-il d'ajouter.

Cette allusion ne changea rien à l'expression pincée et soupçonneuse de la femme. *Il vous a volé quoi ?* semblait-elle suggérer. Elle foudroyait Pell du regard. Quelques minutes plus tard, à peine Robert eut-il quitté la pièce que sa mère se pencha vers la jeune fille :

– Il doit se marier, dit-elle d'une voix lente et monocorde. Et bientôt.

L'avertissement était clair : *N'allez donc pas vous faire d'idées à son sujet !*

Assise du bout des fesses sur une chaise de bois, Pell se tenait prête à bondir et à prendre la fuite. Coquin vint se placer auprès d'elle.

– Lui, qu'il attende dehors ! grogna la femme en le frappant.

Mais quand Robert revint, Coquin se glissa sous la table à côté d'un vieux colley, devenant invisible dans la pénombre. Tout en se servant, reconnaissante, en pain, beurre et jambon, Pell sentait les yeux de Coquin rivés sur

111

elle. Avec un soupir elle lui passa, sous la table, un petit morceau de couenne. Aussitôt, le chien se redressa, tourna sur lui-même et posa la tête sur la cuisse de Robert Ames.

– Si tu crois que c'est comme ça que tu vas me soutirer mon repas ! dit Robert en tirant l'une des oreilles duveteuses.

– Je refuse que tu nourrisses cet animal ! siffla sa mère. Ouste ! fit-elle en menaçant le chien de son balai. Je t'ai dit de sortir d'ici !

Coquin décampa. Pell détourna la tête, honteuse.

– Ma tante manque toujours de petites mains à la laiterie, annonça Robert à Pell, tandis que sa mère fronçait les sourcils. Je vais lui demander si elle ne peut pas te prendre à l'essai. Tu pourrais y dormir, pour le moment.

Pell hocha la tête, en comptant le temps écoulé depuis la disparition de Bean et de Jack. Cinq jours. Cinq jours qui lui faisaient l'effet d'une vie entière. Et toujours la même question : que faire, où aller à présent ? Elle accepterait la besogne qu'on lui proposerait, du moins au début, histoire de remplir sa bourse. D'ici là, Dieu sait ce qui pouvait se passer. Il arrivait que des gens entendent des choses, ou croisent Dieu sait qui ; que des enfants réapparaissent ou envoient des messages ; que des chevaux retrouvent le chemin de leur écurie.

Pell luttait contre le désespoir, incapable d'imaginer qu'elle ne reverrait pas de sitôt tout ce qu'elle avait perdu.

21

On déshabilla Bean. Puis la surveillante en chef de l'asile de pauvres le frotta avec de l'eau froide et un savon à base de soude caustique qui piquait la peau.

– C'est un faible d'esprit, expliqua-t-elle à la jeune fille qui lui passait la cruche d'eau. Tout ce qu'il sait faire, c'est te fixer et te fixer, encore et encore. C'est vraiment agaçant.

– Il est peut-être sourd.

– Non, il entend très bien. Et m'est avis qu'il parle aussi. Seulement il n'en a pas envie. PAS VRAI, TOI ?

Dévisageant le garçon, la jeune fille le vit plisser ses grands yeux lunaires pour retenir les larmes.

– Il n'a pas encore dix ans, dit-elle. Et presque une tête de vieil homme.

– De vieil idiot, tu veux dire. C'est un faible d'esprit, crois-moi.

Tournant son attention vers Bean, elle lui hurla à l'oreille :

– C'EST TOUT POUR LE MOMENT, IDIOT !

Bean la regarda.

– Tu vois ce que je veux dire ? Il entend, c'est juste qu'il ne réagit pas.

Avec un rire déplaisant, elle lui balança un petit tas de vêtements.

– TIENS ! METS ÇA, IDIOT !

Prise de pitié, la jeune fille ramassa les affaires et les tendit gentiment au garçon grelottant.

– Prends-les. C'est bien, mon garçon. Tu vas pouvoir te réchauffer.

Bean accepta les horribles habits d'une main tremblante. Puis il s'accroupit et entreprit d'enfiler sur ses membres la laine rêche.

– C'est à ce genre de gosse que je pense quand je dis qu'il y en a qu'on ne devrait pas laisser vivre. Un fardeau pour nous autres, voilà ce qu'ils sont. Et pourquoi qu'il est venu au monde comme ça ? (Elle se pencha encore une fois vers Bean.) TA MÈRE ÉTAIT UNE DÉPRAVÉE, HEIN ? ET TON PÈRE, TU SAIS QUI C'EST AU MOINS ?

Elle se retourna vers la fille :

– Tu vois. Il ne connaît pas son père. Sa mère non plus ne devait pas le connaître. Ces gens sont pires que des bêtes. Faudrait les étouffer à la naissance.

La fille était suffoquée.

– Vous ne pouvez pas parler comme ça ! C'est une créature du Seigneur !

– C'est ce que prétendent tes semblables, ricana la surveillante. Mais Dieu ne peut rien pour empêcher ça, alors que les bons chrétiens, eux, n'ont qu'à bien se conduire.

La fille tenta une dernière fois de se faire entendre :

– Ses vêtements sont en bon état. Quelqu'un en a pris soin.

– Je parie qu'il les a volés !

Sur ce, la surveillante croisa les bras et mit fin à la conversation. Elle avait remarqué la qualité de ses habits, et comptait les vendre à la première occasion.

Bean termina de s'habiller et se tint debout, tête baissée, les mains jointes devant lui comme un pénitent.

– Viens maintenant, qu'on te conduise au dortoir, dit la fille en lui tendant la main.

Mais la surveillante s'interposa et, le saisissant par les cheveux, l'entraîna hors de la pièce. C'était une femme robuste, alors que le gamin qu'elle emmenait ne pesait quasiment rien.

– Beurk ! Faudra tondre tout ça ! s'exclama-t-elle en lui tirant encore les cheveux. Sûrement que ça grouille de poux !

Tous trois franchirent un long couloir glacial. Bean trottinait à côté, s'efforçant de ne pas se laisser distancer par l'énorme main empoignant sa tignasse. Enfin, ils s'arrêtèrent. La surveillante en chef ouvrit une porte et, d'un coup de pied, poussa Bean dans la pièce.

– Cette paillasse est libre, dit-elle en désignant un sac de toile. Et il n'y a pas de paille dedans ! T'as qu'à la garnir toi-même si tu ne la trouves pas assez confortable !

Elle claqua la porte derrière elle, marmonnant entre ses dents au sujet de ces pauvres qui n'en méritent pas tant – et que le directeur faisait bien de gérer l'asile de pauvres comme il le faisait, en donnant à ces incapables le juste salaire de leur paresse.

Bean resta assis seul, dans la triste salle, frissonnant de désespoir. Il ne possédait rien, même plus les vêtements qu'il portait à son arrivée – de vieilles frusques douces et

115

confortables malgré leur saleté, du fait de la qualité de leur laine et de la finesse de leur tissage. Il ne risquait pas de trouver de la paille pour garnir sa paillasse : la porte était fermée à clé et la seule fenêtre de la pièce beaucoup trop haute pour qu'il puisse l'atteindre. Seul pour la première fois de sa vie, privé de sa famille, de ses sœurs ou du moindre objet familier sur lequel poser ses yeux effrayés, il se retrancha en lui-même et se pelotonna de façon à occuper le moins de place possible. Aspirant à devenir invisible, ayant soif de chaleur et de tendresse, souhaitant ardemment la délivrance. Rien de tout cela ne lui fut accordé.

22

Nul n'aurait pu s'attendre à ce que Bean quitte Nomansland avec Pell le matin du mariage, car leur mère l'adorait bien qu'il ne soit pas vraiment son enfant. Depuis qu'il était bébé elle voyait son sang battre dans de frêles vaisseaux, sous la pâleur de sa peau. Ses jambes n'avaient jamais été plus épaisses, ou plus droites, que des brindilles. Craignant pour sa santé, elle lui rajoutait à manger par-ci par-là dès qu'elle le pouvait.

– Le fils d'une pauvre malheureuse !

C'est ainsi que le père de Pell avait présenté l'enfant le jour où il l'avait ramené chez eux. Quand son épouse avait voulu en savoir plus sur l'inconnue, il lui avait expliqué qu'il s'agissait d'un cas – doublement triste – de misère matérielle et de misère morale. La mère de Pell se demanda combien plus pauvre qu'elle-même une femme devait être pour abandonner ses enfants.

En dépit de toutes les questions demeurées sans réponse, elle conclut ce soir-là un accord avec son mari : elle acceptait ce bébé, à condition que ce soit le dernier. Ridley n'était pas du genre à se plier à pareilles conditions, mais ayant des solutions de remplacement de ce côté-là, il s'y résolut.

La présence d'un nouveau bébé dans la maison paraissant une chose si habituelle, nul ne prêta attention au fait que Bean ne soit pas leur fils. Dès le premier jour, la mère de Pell l'installa sur ses genoux, lui chantant une berceuse tandis qu'elle travaillait, comme elle l'avait fait pour les neuf autres. À la vue des doigts noueux et déformés de sa mère contre la joue lisse du bébé, Pell détournait la tête.

La maladie gagna Nomansland en suivant le trajet habituel : de Londres à Bournemouth en diligence, puis l'inexorable progression vers le nord et l'ouest tandis que de joyeux porteurs de la fièvre et agents de l'épidémie voyageaient de village en village, vendant des colifichets, des ustensiles de cuisine, du poisson ou des quartiers de viande à des dames qui tendaient le cou pour ne pas perdre le moindre ragot venu des bourgades voisines – et avaient droit, en sus, aux postillons du vendeur.

D'abord venaient la fièvre, les articulations douloureuses, le froid que rien ne pouvait arrêter... Puis une sensation de brûlure s'étendant aux bras et aux jambes comme un feu qui parcourt un champ. Enfin, une toux profonde qui rongeait le corps jusqu'à le briser. George fut le premier à tomber malade. Bien que veillé jour et nuit par Lou et par sa mère, il mourut après avoir transmis le mal à ses compagnons de lit, dans l'ordre où ils étaient étendus : à James, à John et pour finir à Edward – le gentil Ned qui, silencieux et terrorisé, ne voulait ni déranger ni mourir.

Affolée, affaiblie, leur mère avait une façon de pleurer qui poussait Bean à se recroqueviller, les genoux sous le menton, et à se boucher les oreilles. La mort de chacun de ses enfants lui fut une torture. Elle s'affaissa, et émergea de l'épreuve comme ratatinée.

Ce qui avait décimé les garçons ignorait les filles. Après la mort de Ned, ils demeurèrent prostrés, à attendre que la maladie s'attaque à elles, mais rien de tel ne se produisit. Bean dormait toujours dans la maison tandis que les filles (vêtues de toile épaisse et de robes de laine et se partageant un seul châle à elles toutes) passaient tout l'hiver à l'air libre et revenaient le soir, le teint florissant. Pour les voisins, avoir perdu quatre fils et avoir gardé les filles, cela paraissait de la négligence – vivantes, elles valaient deux fois moins que les garçons. Quant à leur mère, outre la perte, c'est la réprobation dont elle fit l'objet qui la dévasta – comme si ses garçons s'en étaient allés parce qu'elle avait mal nettoyé son poêle. Personne ne voyait en Bean une consolation, vu son mutisme et ses drôles d'attitudes. Derrière le dos de sa mère adoptive, on le surnommait « le coucou dans le nid ».

Le menuisier du village était si âgé qu'il aurait dû s'occuper de la fabrication de son propre cercueil. Incapable de suivre, quand les petits morts étaient si nombreux, il enrôla leur père afin qu'il assemble les bières des deux plus jeunes – une pour John et une autre, plus petite, pour Ned. Et pas le moindre angle droit. Pell détestait ces cercueils, craignant que leur mauvaise qualité n'empêche leurs occupants d'avoir accès au paradis, s'il existait, et ne les fasse soit dépasser le but, soit retomber et s'écraser sur la terre.

Pour l'enterrement, leur père exigea que le vicaire de Lover lui cède la place et, une fois installé dans la chaire de l'église, refusa d'en redescendre.

– Ces innocents seront sauvés, et réunis dans le royaume céleste par Sa miséricorde. Pourtant ici même, devant Lui, se tiennent aujourd'hui des pécheurs condamnés à être plongés dans le cercle le plus sombre de l'enfer. Là, des fleuves de flammes dévoreront les chairs, et les effroyables hurlements d'un millier d'âmes perdues retentiront. Repens-toi, vil pécheur ! (Il tremblait à présent, sous l'effet de son vertueux courroux.) Repens-toi, vil pécheur ou le diable te fouettera jusqu'à ce que le fouet soit rouge de ton sang et que tu le supplies en vain d'avoir pitié de toi ! Repens-toi, ou il versera de la lave en fusion sur les outils de ta fornication et te transpercera avec des tisonniers ardents. Et alors tu songeras – trop tard ! – à te repentir.

On aurait dit qu'il avait complètement oublié que les âmes rassemblées ce jour-là dans l'église étaient pour la plupart des membres de sa famille proche. Si le chagrin, le deuil, le surmenage, la misère et la révolte contre les caprices du destin avaient un sens à leurs yeux, la fornication était le cadet de leurs soucis.

Il continua son prêche interminable, exhortant d'une voix de plus en plus forte les flammes, les trompettes, les anges et les démons à adopter des comportements pour lesquels Nomansland paraissait une bien terne toile de fond. Il appela sur la tête de tous les foudres de Dieu et les châtiments du diable, en une litanie déplacée faite de reproches sadiques.

La mère de Pell ne se reconnut pas dans ce flot de mots. Immobile, les yeux perdus dans le vague, elle ne trouva aucun réconfort dans ce sermon. Quand on entonna les hymnes, accompagnés de réprimandes et de cris, Pell sortit.

Le typhus. Tel fut le diagnostic du médecin venu de la ville. Il n'était pas passé voir la famille quand il aurait pu être d'un quelconque secours. Mais après quatre décès survenus dans un intervalle si court, une inspection officielle s'imposait, en raison du risque épidémique.

– Le typhus, aucun doute là-dessus, déclara-t-il à la mère des enfants, les regardant tous de haut.

Pell supposait qu'ils devaient lui paraître crasseux – même s'ils étaient aussi propres que leurs conditions de vie le permettaient. On ne pouvait rien reprocher à leur mère, qui foulait cette terre comme un automate à demi doué de vie.

Le médecin ordonna que l'on brûle la couche des garçons – rien de plus facile, c'était une paillasse. Il insista également pour qu'on bouche la fosse d'aisance et que l'on en creuse une nouvelle, et pour que la maison soit récurée de fond en comble. Et puis il repartit dans son élégant cabriolet en espérant ne plus jamais avoir à se rendre dans un endroit pareil.

Ces tâches incombèrent aux filles. Même si frotter la terre battue, le chaume et le gazon n'avait pas grand sens, Pell et Lou s'exécutèrent du mieux qu'elles purent pendant que leur mère demeurait assise en bas, arborant l'une des deux expressions qui lui restaient. Si aucun de leurs deux parents ne leur avait jamais été d'un très grand soutien, les filles comprenaient que, désormais, il ne faudrait plus rien attendre d'eux.

Avec les sommes dues au médecin, au fossoyeur et au menuisier, la mort des garçons porta un coup presque fatal aux finances de la famille. Leur père utilisait tout l'argent épargné à la sueur de leurs fronts à se maintenir dans un état d'ivresse permanent. Lou s'affairait à la cuisine, espérant que les réserves de farine, de pommes et de pommes de terre permettraient aux huit survivants de la famille de tenir jusqu'à la fin de l'hiver. Rien n'était moins certain et le zèle qu'elle manifestait en cuisine dissimulait une angoisse croissante. Elle plaçait des légumes coupés dans une marmite haute avec un précieux morceau de lard fumé, ajoutait de la sauge et du thym séché et faisait lentement cuire la mixture sur le feu, en invoquant l'esprit du ragoût. Mais en dépit de ces opérations magiques, les repas demeuraient plus que décevants.

Ils mangeaient en silence, Sally cherchant du pain quand il n'y en avait pas, leur mère livide de chagrin, leur père ronflant bruyamment à côté de sa soupe et Lou passant une partie de sa maigre ration à Ellen qui, assise près d'elle, fixait son assiette d'un air désespéré. Pell mangeait aussi souvent chez les Finch que la décence le permettait. Et Bean observait tout ça de ses yeux silencieux et attentifs au moindre détail.

Sa décision prise, il n'en avait averti personne. Si ce n'est Pell, par ses mouvements dans l'obscurité, le matin où elle s'était réveillée fermement décidée à quitter la maison.

23

Robert Ames emmena Pell chez une femme aussi revêche que Mme Ames qui – après l'avoir jaugée comme on fait d'un cochon au marché – la mena par un escalier étroit de la grange à une chambre sombre et minuscule qui empestait le lait tourné. Sur le sol, une paillasse et rien d'autre, pas même une couverture.

– Je vous prierais de bien vous conduire, dit la femme, la fixant d'un air menaçant. Ni visites ni alcool... Et je ne veux pas de ce chien chapardeur dans les parages !

Pell tentait d'imaginer qui elle pourrait bien inviter dans un pareil trou puant, tandis que son interlocutrice s'étendait sur le thème du péché et « du devoir sacré de toute fille de résister aux tentations immondes ». Elle prononça ces mots du bout des lèvres, comme s'ils avaient le pouvoir de salir la bouche d'où ils sortaient.

Pell laissait Coquin enchaîné à la forge, avec Robert. Le chien se languissait d'elle jusqu'à ce qu'elle puisse s'échapper de la laiterie pour le retrouver. Chaque soir, elle saisissait la tête de l'animal dans ses deux mains et passait ses doigts endoloris dans la toison de son cou, bourrelée de remords à le voir ainsi prisonnier. Et en dépit de son besoin de nourriture et de liberté, l'animal se blottissait contre elle en gémissant d'adoration.

Cela attristait Pell de le garder ainsi attaché jour et nuit, mais elle n'avait pas le choix. Son labeur débutait avant l'aube pour s'achever à la nuit tombée. Deux fois par jour les vaches devaient être menées du pâturage à la salle de traite, et vice versa. Sans parler du barattage, du fromage qu'il fallait soulever, retourner et égoutter, des seaux à transporter – si lourds que Pell avait les doigts craquelés et ensanglantés, du nettoyage du fumier et d'un millier d'autres tâches à effectuer. La tante de Robert, Osborne (le nom de son défunt mari, pas même agrémenté d'un « madame »), semblait décidée à rentabiliser à l'extrême le shilling qu'elle versait quotidiennement à ses employés – salaire qu'elle amputait de six pence par semaine pour le logement. Au lieu de six trayeurs pour soixante vaches, elle n'en employait que quatre. Et des filles, vu qu'elles coûtaient moins cher. En surveillant elle-même les travaux, elle faisait, qui plus est, l'économie d'un contremaître. Les gens du coin racontaient qu'elle coupait son lait avec de l'eau et son fromage avec de la craie, ce qui l'obligeait à les vendre dans des marchés plus éloignés. Quant à la santé et à la vitalité de ses employés, elle s'en souciait comme d'une guigne.

Le jour où Pell prit son poste, Osborne la coinça dans la chambre froide et l'épingla du regard.

– Je ne sais pas ce qu'une fille comme vous vient faire ici, mais mon neveu doit se marier dans quatre semaines.

124

Elle s'interrompit pour laisser le temps à Pell d'encaisser. Peu satisfaite par la réaction de cette dernière, elle ajouta :

– Avec une gentille fille tout ce qu'il y a de convenable.

– Dans ce cas, je lui souhaite tout le bonheur du monde, répliqua Pell.

– Ne faites pas celle qui ne comprend pas.

Pell ne se donna pas la peine de répondre. Aucune parole ne pourrait atténuer l'aversion d'Osborne. Mais pas question pour Pell de lui laisser deviner ses sentiments. Lorsque la femme tourna les talons et s'éloigna, Pell tremblait d'humiliation rentrée.

Si Osborne était trop mesquine pour proposer autre chose que du pain au dîner, Pell apprit à grappiller et à garder le moindre copeau de fromage. Elle conservait pour Coquin la croûte destinée à être jetée, qu'il rongeait joyeusement. Dans le plus misérable village, il y avait toujours assez de rognures pour nourrir un chien.

Dès qu'elle le pouvait, Pell allait prendre son souper avec Robert Ames, à la forge. Le jeune homme raillait l'odeur de vieux lait et de fromage qui collait aux cheveux et aux vêtements de Pell, et qu'elle-même ne sentait presque plus. Parfois, elle le regardait travailler, le reprenant en silence lorsqu'elle jugeait qu'il pouvait mieux faire. Il se contentait de sourire quand elle lui disait avoir appris le métier de maréchal-ferrant à Nomansland, tant il avait du mal à s'imaginer une femme faisant un tel travail.

Un soir, une fille aux cheveux clairs, aux traits fin et à la jolie moue boudeuse débaula à l'improviste. Robert la présenta comme sa future épouse, Cecily. Si Pell sourit lorsque Robert prit la main de la fille, celle-ci ne lui rendit pas son sourire. Pell s'étonna du nombre d'ennemis que lui valait le seul fait d'avoir lié connaissance avec Robert.

Quant aux filles d'Osborne, elles avaient depuis longtemps tourné le dos au labeur harassant de la laiterie pour épouser des fermiers. L'une possédait une petite boutique à la sortie de Salisbury, l'autre vivait plus près. Les sœurs avaient espéré que leur père (qui les adorait) les établirait comme modistes, qu'elles vendraient des longueurs de ruban de soie et des chapeaux finement tressés. Mais le surmenage l'avait tué alors qu'il était trop jeune pour mourir, et adieu le magasin de chapeaux tant espéré ! Ce qu'aucune des deux filles n'aurait pu envisager, c'est de trimer comme une esclave de l'aube au crépuscule, sous la férule d'une mère aigrie. Elles formaient une famille unie, du moins c'est ce qu'affirmait Osborne à Pell. N'empêche que ses filles ne lui rendaient jamais visite.

Pell resta trois semaines à Pevesy. Prenant son mal en patience, elle s'épuisait à la tâche tandis que la méchanceté d'Osborne faisait de chaque jour une épreuve. Ses relations avec Robert Ames s'épanouissaient, face à une telle opposition. Par respect des convenances, Pell se gardait néanmoins d'être seule avec lui ou de le considérer en ami. Ce qui n'empêchait pas la famille et la future épouse du jeune homme de s'agiter autour d'elle, telles des guêpes.

Un soir, à la tombée du jour, Pell s'en revenait d'une visite à la forge quand la fiancée de Robert s'approcha d'elle, silencieuse comme un rat d'eau, le visage impassible. Elle lui pinça le bras avec force en la fixant rageusement, les lèvres serrées et les sourcils froncés.

– Si je vous dis où se trouve l'homme que vous cherchez, vous partirez d'ici une fois pour toutes ?

Pell hocha la tête, réprimant un cri.

– Mon père a acheté un chien de chasse à un homme, à quelques kilomètres du village. Un braconnier à ce qu'on dit.

Elle tira de sa poche un bout de papier où elle avait tracé une carte. Comme Pell s'apprêtait à la saisir, la fille retira sa main.

– Seulement si vous jurez de vous en aller et de ne pas revenir. *Jamais.*

Pell hocha une nouvelle fois la tête et Cecily lui plaqua la feuille dans la paume.

– Prends ça et sois maudite ! siffla la fille de sa jolie petite voix, avant de décamper.

Le lendemain, ayant rassemblé ses quelques affaires et son salaire de la semaine écoulée, Pell alla chercher Coquin et gagna le chemin sans penser à rien d'autre qu'à l'avenir, et sans avoir dit au revoir à Robert Ames ou à sa tante.

24

Le plan n'était pas facile à suivre, et Pell se demanda s'il ne s'agissait pas d'une ruse pour l'éloigner. Aucune distance n'était mentionnée et seul un griffonnage indiquant une auberge laissait supposer qu'elle se trouvait sur la bonne voie. Elle et Coquin progressaient lentement, revenant sur leurs pas chaque fois qu'ils tournaient au mauvais endroit ou perdaient le sentier. Il leur arrivait de rester plantés à la croisée des chemins, incapables de décider s'ils devaient continuer, faire demi-tour, prendre à gauche ou à droite...

La nuit tombait vite et il se mit à pleuvoir. Un sentiment de désolation s'empara de Pell. En vain cherchait-elle des yeux un abri. Pour se protéger du vent, Coquin et elle se faufilèrent dans une cavité, à la base d'un arbre mort. Il ne devait pas exister sur terre de lieu plus froid et plus solitaire, songea Pell. Et, bien qu'elle ne soit pas du genre à se lamenter, elle pleura toutes les larmes de son corps en tremblotant de la tête aux pieds. Coquin léchait l'eau salée de ses larmes. Lorsqu'elle le repoussa, il se coucha et attendit qu'elle redevienne la Pell qu'il connaissait.

Ils se pelotonnèrent l'un contre l'autre dans la nuit, telles deux bêtes sauvages.

Le lendemain matin, les membres glacés et endoloris, elle s'engagea sur un sentier si étroit et si envahi par la végétation que Pell aurait juré qu'ils faisaient fausse route ou que la fille s'était jouée d'elle. Elle examina les lignes esquissées sur le papier, qu'elle tourna et retourna en tous sens. Même convaincue qu'elle était réellement perdue, elle ne parvenait pas à se résoudre à suivre un autre plan.

Le ciel était une mer grise et tourmentée, déversant sur le bois des rideaux de pluie. Pell marchait tête baissée à cause des branches surgissant devant elle. De plus en plus, on aurait dit qu'aucun voyageur ne s'était aventuré par là depuis des mois, voire des années.

Dans un coude, un arbre gisait en travers du chemin. Elle s'arrêta. Coquin attendit patiemment pendant qu'elle demeurait là, à écouter les craquements du bois. Le tronc gémissait, dans une langue que Pell comprenait. Avec un soupir, la jeune fille entreprit de se frayer un chemin dans les broussailles, contournant de grandes racines qui se dressaient à la verticale. Les ronces et les orties accrochaient ses vêtements tandis que, près d'elle, Coquin trottait d'un pas léger, posant précautionneusement une patte sur le sol avant de choisir où poser la suivante. Elle émergea enfin sur le sentier. Là, elle épousseta ses habits et fit une trentaine de mètres au bout desquels le bois débouchait soudain sur une vaste prairie en pente nettoyée par la pluie et éclairée par une troupe de lumière dans le ciel nuageux. Même Coquin s'arrêta pour regarder.

129

Pell le vit alors se précipiter brusquement parmi les hautes herbes. Quelques secondes plus tard, il bondissait, pris dans un furieux corps à corps avec un grand chien extrêmement mince et quasi invisible dans le champ doré. L'étrange animal renversa Coquin et le cloua au sol. Ses mâchoires se refermèrent sur sa gorge, tel un étau se resserrant d'autant plus que Coquin tentait de se dégager.

– Lâche-le ! hurla Pell.

Elle essaya d'écarter l'assaillant qui lui filait entre les doigts. Roulant et luttant sur le sol, les deux bêtes formaient un enchevêtrement de poils et de grognements. Quand soudain, l'autre chien relâcha son emprise et détala. Coquin courut aussitôt retrouver Pell, comme le chiot qu'il était encore. Il se pressa contre elle, tremblant de peur et d'excitation.

Pell observa la trajectoire de son agresseur, jusqu'à apercevoir l'homme. Il se tenait à contre-jour, mais sa silhouette était reconnaissable entre mille. Il se figea en la voyant. Ils se fixèrent, aussi surpris l'un que l'autre. Puis Pell s'avança vers lui à grands pas.

– Je veux mon frère, dit-elle. Et mon cheval.

Il ne cilla pas.

– Et mon argent.

– En quoi ça me concerne ?

– Votre ami Harris est un voleur.

Elle le vit hésiter une fraction de seconde.

– Ce qu'il a fait n'est pas mon affaire.

Les joues de Pell s'empourprèrent, la colère brilla dans ses yeux.

– Alors c'est l'affaire *de qui* ? Voyez dans quel état je suis ! Il m'a tout pris.

Ils se défièrent un long moment du regard. Puis les chiens firent diversion. Ayant repéré un lièvre à l'autre bout du pré, ils se lancèrent à sa poursuite, talonnés par Coquin. Le lièvre filait en tête, faisant des bonds de tous côtés. Au début, on pouvait penser qu'il s'en tirerait. Mais les chiens le traquaient sans relâche, menant la course à tour de rôle, sans perdre de terrain, même quand la proie changeait de direction. La courageuse créature semblait perdue. C'était sans compter sur Coquin, dont la présence détourna une seconde l'attention des chiens. Le lièvre en profita pour filer, disparaissant dans un fourré épineux tandis que les chiens ne pouvaient que tourner en rond en gémissant de frustration. Pell, secrètement, se réjouit pour le lièvre.

L'homme aux chiens la dévisagea.

– Je n'ai pas votre argent, et je ne sais rien au sujet du cheval. Ou de l'enfant. J'en toucherai un mot à Harris la prochaine fois que je le verrai.

– Un mot ? Et ça changera quoi ? Harris est un voleur et *vous*, vous l'avez aidé à me voler.

L'homme soupira.

– Je n'ai pas à me porter garant de tous les marchands de chevaux de Salisbury. Je ne le recroiserai peut-être pas avant des mois. Pour ce qui est du cheval, il l'aura vendu depuis longtemps. C'est son métier, de vendre des chevaux. Il n'en fait pas collection.

– Et mon frère ?

L'homme aux chiens fronça les sourcils.

– Je ne vois pas en quoi un enfant l'intéresserait.

Elle se tut, s'avouant vaincue. Bean avait tout à fait pu suivre Harris volontairement.

– Vous le reverrez quand ? demanda-t-elle enfin.

– Il peut s'écouler cinq six mois, ou quelques jours.

– Impossible, gémit-elle.

Il haussa les épaules et s'éloigna.

– Ne partez pas ! dit-elle en le tirant par la manche et en le contraignant à lui faire face. Et moi, comment je suis censée survivre ?

– C'est votre problème.

Son regard la glaça.

– Vous me devez quelque chose.

– Je ne vous dois rien du tout.

Elle le suivit alors qu'il s'éloignait, à grands pas, sur un sentier encore plus étroit que celui par lequel elle était venue. L'abondante végétation la griffait au passage, lui éraflant les bras et le visage. Devant elle, l'homme aux chiens marchait toujours à vive allure, sans se retourner.

Émergeant du bois, derrière lui, elle débaoula dans une clairière. Devant eux, une maison dont les pierres s'érodaient. Pell distinguait un potager le long de la façade sud. Juste au-delà, un mur d'enceinte. À l'intérieur, une truie tachetée se prélassait au soleil, devant deux rangées de niches crasseuses disposées face à face.

Ayant ouvert la porte, l'homme aux chiens se retourna vers la fille qui le défiait.

– Alors ?

Malgré elle, des larmes jaillirent de ses yeux.

– Je ne partirai pas.

– Comme vous voudrez. Je ne suis pas magicien.

– J'attendrai. Je n'ai pas d'autre possibilité.

Il finit par céder à l'agacement.

– Et vous attendrez où ?

Elle jeta un coup d'œil alentour – sur la maison, les niches, le poulailler, l'abri de jardin... Son regard finit par s'arrêter sur un bâtiment en brique à demi effondré, qui avait dû abriter des vaches. Au lieu de répondre à l'homme, elle se dirigea vers l'ancienne étable. Vide et laissé à l'abandon, l'endroit sentait la bête mais semblait relativement sec.

Il faudra que je m'en contente, songea-t-elle. En dépit de l'absence de cheminée ou de fenêtres dignes de ce nom, il y avait assez de paille pour sa couche, et elle pourrait toujours en ramasser plus. À l'abri entre quatre murs, elle ferait en sorte de ne pas mourir de froid cet hiver. Tant que l'homme aux chiens ne lui aurait pas donné son argent ou qu'elle n'aurait pas trouvé une meilleure idée, elle resterait là.

Se retournant pour juger de sa réaction, elle constata qu'il n'était plus là.

25

Pell et l'homme aux chiens vivaient l'un près de l'autre en s'ignorant mutuellement.

Elle tirait l'eau à son puits et parcourait deux fois par semaine les six kilomètres jusqu'au village le plus proche, pour y acheter du pain. Elle emmenait Coquin chasser les lapins, qu'elle éviscérait et dépouillait avant de les vendre. Elle se lia même avec deux personnes, Mlle Eliza Leape et son frère William, propriétaires de la boulangerie locale. Mlle Leape accueillit le duo dépenaillé avec un enthousiasme auquel Pell n'était plus habituée.

– Alors c'est vous, la fille qui vit avec le braconnier !

– Je ne vis pas avec lui, répliqua Pell, surprise et contrariée.

– Je l'ai entraperçu une ou deux fois, confia la femme. Il est très beau, quoique pas très raffiné.

Pour toute réponse, Pell détourna la tête.

Les yeux perdus dans le vague, Eliza se laissait aller à ses rêveries romantiques.

– Il vous a... (Elle s'interrompit, comme pour amener la chose avec délicatesse.) Il vous a... fait des avances ?

Horrifiée par la question, Pell tourna les talons.

– Oh, je vous en prie, restez ! supplia la fille.

Or à l'instant où Pell céda, elle remit ça :

– Vous êtes très amoureuse de lui ?

Pell rougit d'indignation.

– Pourquoi me parlez-vous comme ça ?

La fille écarquilla les yeux, l'air ravi, et frappa dans ses mains.

– À votre visage, je vois que vous l'êtes ! Vous lui avez donné de l'espoir ?

D'une voix sournoise Eliza poursuivit :

– Moi je l'aurais fait. Bien sûr, je me serais débrouillée pour que personne ne sache que nous...

– Il n'y a rien entre lui et moi, rétorqua sèchement Pell.

– Non, bien sûr... répondit Eliza en lui adressant un clin d'œil. Mais vous devriez avoir pitié de moi ! J'avais tellement hâte de rencontrer la mystérieuse beauté qui vit dans les bois !

Incapable de se reconnaître dans cette description, Pell fila aussi sec. Elle était si soulagée de quitter le village qu'elle se retint de parcourir en courant les quelques kilomètres la séparant de la petite étable. Par la suite, quoique tentée d'éviter la boulangère et son frère, elle se raisonna. *Ce périple a dû me rendre bizarre*, songea-t-elle. *Je n'avais jamais réalisé que la compagnie des gens ordinaires me dérangeait à ce point-là.*

L'homme aux chiens partait chasser tous les soirs au crépuscule. Quand il lui arrivait de le croiser à l'aube, elle pouvait deviner ce qu'il avait attrapé à l'allure de sa besace. Les oiseaux étaient légers, les lapins plus lourds. Parfois, il portait deux ou trois gros lièvres en travers de son dos. Le

135

plus souvent il revenait avant l'aube, alors que Pell dormait encore. Il pouvait s'écouler deux ou trois jours sans qu'ils échangent le moindre regard ou signe de tête.

Elle ne l'aimait pas. Il n'avait rien d'humain, et avait coutume de conclure brusquement le moindre dialogue. Il était froid et inflexible, sa sensibilité ne s'exprimant que dans ses rapports avec les animaux.

Si j'étais un chien – songeait-elle – *ou un furet, voire un rat, sans doute se soucierait-il plus de moi.*

Elle et lui ne partageaient rien volontiers – ni informations venues de la ville, ni repas, ni rien d'autre. C'était compter sans Coquin. Au bout d'une semaine, il se mit à fouiner parmi les carcasses et les abats balancés tous les matins dans les niches. Tout en étant furieuse de le voir ainsi pactiser avec l'ennemi, Pell se sentait en même temps étrangement reconnaissante.

Elle ne manqua pas de remarquer que l'homme aux chiens ne le chassait pas.

Et puis, un soir, Coquin disparut. Pell redoutait qu'il ne soit étendu quelque part, blessé et se vidant de son sang à l'issue d'un combat avec un renard ou une hermine. L'ayant cherché en vain dans les niches et les dépendances, elle arpenta des heures durant des voies et des sentiers étroits. Elle parcourut des kilomètres malgré l'obscurité, criant son nom, sifflant, trébuchant sur des branches, tombant dans des fossés, sursautant au moindre son, à la moindre ombre aperçue.

Elle s'en retourna à l'étable épuisée et dormit d'un sommeil de plomb. Puis, peu avant l'aube, à l'heure où les braconniers finissent leur nuit de travail, Coquin la réveilla, gambadant autour d'elle avec l'enthousiasme d'un ami depuis longtemps perdu de vue – et sans l'ombre d'un remords. Son pelage tout crotté était plein de graines et de poussières et il arborait une méchante blessure à la tête, noire de sang coagulé. Il n'en tremblait pas moins de bonheur et Pell avait presque l'impression qu'il lui souriait. Elle nettoya ses blessures du mieux qu'elle put et l'attacha en maudissant l'homme aux chiens. Mais Coquin fit les cent pas, geignit et bouda jusqu'à ce qu'elle le libère. Il fila alors aux niches, où il se tint en retrait pendant que les autres chiens mangeaient à leur faim, avant de foncer vers les restes – ainsi qu'il convenait à son rang inférieur.

Plus tard dans la matinée, Pell faillit se prendre les pieds sur un faisan plumé et nettoyé balancé devant sa porte. En vain, elle chercha du regard l'homme aux chiens.

Elle l'intercepta au crépuscule, alors que lui et ses bêtes étaient sur le départ.

– C'est quoi, ça ? demanda-t-elle en brandissant la volaille.

– Un faisan, à ce qu'on dirait.

– Volé ?

– Sans doute.

– On va me mettre en prison pour vol ?

Il esquissa un sourire.

– Seulement si vous vous dénoncez à la police. N'oubliez pas de prendre votre chien avec vous. C'est lui qui l'a tué.

– Dans ce cas, vous en avez fait un criminel.

Elle était consciente de l'absurdité de ses propos.

L'homme aux chiens haussa les sourcils.

– Il a ça dans le sang. Laissez-le devant ma porte si vous n'en voulez pas.

137

Ce soir-là, elle fit cuire le faisan sur un feu de bois. De retour de la chasse, Coquin s'attaqua à la carcasse.

Une autre semaine s'écoula. Dans l'étable, il faisait désormais terriblement froid. En désespoir de cause, elle alluma un feu dans l'un des coins de la pièce. Il produisit beaucoup de fumée, pas la moindre chaleur. Elle entassa des pierres dans un foyer, improvisé contre un mur extérieur, et fit un feu qu'elle alimentait jour et nuit avec des branches qu'elle ramassait. Elle aurait pu se servir dans le tas de bois de l'homme aux chiens pendant qu'il s'absentait, mais ne voulait pas s'abaisser à voler. Ni à quémander. Le feu réchauffait le mur jusqu'à ce que les briques aient absorbé assez de chaleur pour la nuit. C'était peu, mais mieux que rien. Une épaisse couche de paille, de foin et d'herbe la protégeait du sol glacé et elle rajoutait du foin entre les couvertures et par-dessus pour parvenir à s'assoupir. La chaleur de Coquin lui faisait cruellement défaut.

Pell et l'homme aux chiens se voyaient à peine, l'un vivant de jour et l'autre de nuit. Or Coquin oscillait de plus en plus entre les deux. D'abord attiré par le royaume de la nuit, il avait fini par l'adopter, si bien qu'il ne revenait qu'à l'aube. Il s'endormait alors et, du coup, ne lui servait plus à rien, malgré les dépouilles qu'elle trouvait presque chaque matin devant sa porte. Elle savait, au nombre de ses blessures, depuis combien de jours Coquin était chasseur. Puis elle perdit le compte. Il y avait des plaies et des éraflures, de temps à autre une patte qui boitait ou du sang séché. Les morsures provenant soit de ses proies soit de ses compagnons – impossible à dire – laissaient des cicatrices. Pell pansait les blessures de Coquin qui, dès le lendemain soir, gémissait en tournant en rond, mourant d'envie de ressortir chasser.

Pell vivait dans l'étable depuis plus d'un mois quand Coquin rentra avec une blessure particulièrement méchante sur une des pattes arrière. Malgré les soins prodigués, la plaie ne voulait pas se refermer. Pell constata, impuissante, qu'il en suintait du pus à l'odeur repoussante. Coquin clopinait sur trois pattes et geignait dans son sommeil. Elle l'attacha à l'intérieur, marcha jusqu'au village et dépensa ses derniers shillings à acheter des poudres et des cataplasmes qui s'avérèrent inutiles, ainsi que des pansements que Coquin arrachait et qui finissaient en lambeaux. Ayant tenté tout ce qui était en son pouvoir, elle se rongeait les sangs. Le matin où, se réveillant, elle le trouva qui grelottait, les yeux perdus dans le vague, elle alla frapper à la porte de l'homme aux chiens.

Il mit le temps mais il ouvrit, à moitié endormi, enfilant une chemise de la main qui ne tenait pas le fusil. Pell le fixa un long moment, incapable de lui demander de l'aider.

– Mon chien... dit-elle enfin. Il est malade. J'ai essayé les remèdes que je connais...

Il la suivit jusqu'à l'étable. Là, agenouillé près de l'animal, il retira le cataplasme qu'elle avait appliqué sur sa patte. Tous deux furent saisis par la puanteur de la chair pourrie.

L'homme examina la blessure, la toucha du doigt, replaça le pansement et se retira. Pell sentit la colère l'envahir. C'était sa faute à lui s'ils se trouvaient là, sa faute si elle n'avait pas d'argent, sa faute si son chien gisait à demi mort. Et lui se souciait si peu d'eux qu'il n'avait su que leur tourner le dos et la laisser se débrouiller seule quand c'était

139

lui qui était responsable de la situation. Elle enfouit la tête dans ses mains, grelottant de peur, de rage et de froid.

Mais il revint avec un petit cornet de papier. Il donna ordre à Pell de maintenir Coquin immobile pendant qu'il lui fermait le museau d'une main et, de l'autre, écartait les lèvres de la blessure pour verser une poudre jaune vif directement sur la plaie purulente. Le chien se débattit avec force, mais Pell gardait les mains fermement plaquées sur le flanc et sur l'épaule de l'animal alors que l'homme s'adressait à celui-ci d'une voix douce, comme Pell se souvenait l'avoir vu faire à la foire aux chevaux. Ayant vainement lutté pour se dégager, Coquin se résigna, épuisé.

L'homme aux chiens lui caressa la tête et se leva.

– Donnez-lui de l'eau s'il a soif.

Puis il sortit, sans accorder un regard à Pell.

La jeune fille s'assit près de son chien, songeant à tous les animaux qu'elle avait soignés dans sa vie, à ceux qu'elle avait sauvés, et aux autres. Quand elle voulut verser un peu d'eau dans le gosier du chien, celui-ci laissa retomber la tête sur le côté, et de la salive mêlée d'eau coula sur la terre battue. Il avait les yeux caves et haletait – émettant un son rauque tandis que sa cage thoracique se creusait. Il ne semblait plus reconnaître la voix de Pell.

Au crépuscule, elle sortit pour aller tirer de l'eau au puits et échapper aux râles de l'animal. Quand elle revint, un moment après, il leva légèrement la tête pour l'accueillir. Plus tard dans la nuit, il parvint à avaler lorsqu'elle voulut à nouveau lui faire boire un peu d'eau – et il tenta vaguement d'en laper davantage. Elle le laissa faire jusqu'à ce qu'il rejette la tête en arrière et ferme les yeux. Elle se précipita alors vers les niches pour aller trouver l'homme aux chiens, et lui annoncer la nouvelle. Le visage impassible, il se contenta de tapoter sa pipe sur sa jambe et de hocher la tête. Quand elle le remercia, il lui tourna le dos comme s'il n'avait rien entendu.

Pell tint Coquin éloigné des niches pendant plus d'une semaine, attendant qu'il ait cessé de boiter, que la jambe ait désenflé et la plaie cicatrisé. L'homme aux chiens et elle se croisaient plus souvent, par hasard ou parce qu'ils le souhaitaient – impossible à dire. Elle était moins soucieuse de l'éviter, même s'il n'était pas plus aimable qu'avant. Il continuait à avoir plus d'égards pour les animaux que pour elle – à croire qu'elle était invisible.

Pell et la fille de la boulangerie avaient, entre-temps, fait plus ample connaissance, en tout cas suffisamment pour se raconter leur vie. Car les clients itinérants se devaient – outre des lapins et des faisans – de fournir des histoires en échange de leur pain. Le récit que Pell lui avait fait de son départ de Nomansland plaisait énormément à Eliza. Elle-même avait vu marier sa sœur à un homme qui avait davantage besoin d'une domestique que d'une épouse. Elle avait vu les corvées épuiser sa sœur, laquelle avait fini emportée par la fièvre après avoir accouché de sa troisième fille. Aux funérailles, le mari avait confié les enfants à Eliza et refusé de les reprendre, arguant que des filles ne lui serviraient à rien. Les trois gamines étaient tout ce qui restait de cette sœur disparue prématurément. À Eliza et à son frère, leurs parents de remplacement, ces enfants rejetées rappelaient en permanence comment certains mariages risquaient de se terminer.

141

Eliza racontait cette histoire avec une sorte de mélancolie satisfaite, et jurait qu'elle ne se marierait jamais. Ce vœu suscitait l'approbation de Pell, qui préférait ignorer l'évidence, à savoir que cette résolution arrangeait bien Eliza – qui n'était ni très jolie ni très jeune.

De son côté, Pell lui révéla peu à peu pourquoi elle avait quitté son foyer, et presque tout ce qui lui était arrivé depuis. Eliza se passionnait pour ce qu'elle appelait les « aventures » de Pell, l'écoutant fascinée comme peut l'être une femme qui ne s'est jamais éloignée de plus de deux kilomètres de son lieu de naissance. Quand la conversation portait sur la vie que menait Pell dans les bois, Eliza cessait de prêter l'oreille, préférant sa propre version de l'histoire à la réalité.

Bien sûr, nul flirt avec l'homme aux chiens ne venait adoucir le cours du temps – contrairement à ce qu'Eliza tenait à croire – et l'étable glaciale était loin d'être aussi pittoresque et confortable que se le figurait la boulangère. Pell passait ses journées couverte de sang de lapin, à ramasser du bois, à plumer des volailles, à tirer du puits de lourds seaux d'eau et à s'inquiéter pour son avenir. L'argent gagné à la laiterie était presque épuisé. Et quand, l'hiver venu, les lapins viendraient à manquer, elle n'aurait plus rien à échanger. Sa robe de laine grise avait été si souvent rapiécée que le tablier qu'elle portait ne suffisait pas à en cacher les trous. Elle marchait pieds nus pour faire durer ses bas sauf par les jours les plus froids, histoire d'économiser le quart de penny que lui coûterait la laine à repriser. La température baissait de jour en jour. Comment s'en tirerait-elle quand le sol serait gelé ? Elle n'en avait aucune idée.

Elle confia ces soucis à son amie. Eliza écarquilla les yeux.

– Tu sais pétrir le pain et former des miches ? demanda-t-elle.

Pell hocha la tête. Malgré sa préférence pour les activités de plein air, elle faisait aussi bien le pain que n'importe quelle fille élevée dans un village trop petit pour posséder une boulangerie.

– Eh bien, viens ici nous donner un coup de main ! William et moi avons constamment besoin d'aide, et on te paiera en pain si on n'a plus d'argent. Tu peux même habiter avec nous si tu supportes d'être séparée de ton braconnier. On s'amuserait, on serait comme des sœurs !

Pell accepta avec reconnaissance. Elle redoutait l'implacable rigueur de l'hiver, et entrevoyait une chambre dotée d'une cheminée et – qui sait – la possibilité de se laver à l'eau chaude. Malgré la méfiance que lui inspirait Eliza, la perspective d'un travail rémunéré lui remontait le moral. Elle craignait que sa tendance à ne parler qu'à Coquin ne la rende plus bizarre de jour en jour – et de moins en moins adaptée à la compagnie des êtres humains. Les quelques villageois qui la saluaient paraissaient sur leurs gardes. Une fille de cet âge, venant d'on ne sait où et vivant on ne sait comment avec le braconnier du coin... cela ne collait guère avec l'idée que quiconque se faisait de la respectabilité.

Certains imaginaient même, avec un frisson d'indignation, que Pell aurait l'audace de vouloir assister au service religieux. Des mesures furent prises pour empêcher une telle abomination de se produire. On se distrait comme on peut, dans les villages.

26

William, le frère d'Eliza et son aîné de quatre ou cinq ans, avait le même visage carré, ouvert et dépourvu de méchanceté (et aussi d'intelligence, dans son cas). Selon les dernières volontés et le testament de leur père, c'est à lui qu'appartenait la boulangerie. Mais depuis sept ans, c'est Eliza qui passait des heures à pétrir la pâte, qui tenait les comptes et négociait au marché les sacs de céréales nécessaires à la fabrication du pain. Qui plus est, elle dirigeait la boutique, faisait le ménage et la cuisine, cousait, et s'occupait des trois petites orphelines. La contribution de William était plus floue. Il constituait une « présence virile » – selon ses propres termes – censée dissuader des fournisseurs malhonnêtes de léser sa sœur. Planté sur le seuil de la boutique, il accueillait les clients avec un grand sourire et rallumait les fours quand Eliza, surmenée, les laissait refroidir. Bien que les fillettes fussent bientôt assez grandes pour les assister, William sentait venu le moment d'engendrer un fils et héritier. Et, par conséquent, de prendre femme.

Si celles-ci avaient été plus nombreuses, William aurait

pu espérer épouser une fille du village. Or, du fait d'une épidémie de fièvre, dans son enfance, il y avait pénurie de demoiselles. La mystérieuse arrivée de Pell n'en paraissait que plus providentielle. Aucune autre famille n'aurait vu en Pell un parti acceptable, mais William et Eliza n'avaient pas de parents pour s'opposer à une telle union, et tous deux pensaient faire à la jeune fille une immense faveur en fermant les yeux sur la médiocrité de sa naissance et de sa condition.

La décision de William de demander Pell en mariage enchanta Eliza. Le fait que Pell ne laisse voir aucune inclination semblable ne les découragea pas.

Les dés étaient donc jetés.

Plusieurs invitations furent alors lancées, présentées dans les termes les plus innocents qui soient. Ils partagèrent un dîner agréable. Un goûter présidé par Eliza leur sembla une réussite même si tous les invités, sauf Pell, s'étaient désistés.

– Tu pourrais venir nous aider à la boulangerie vendredi ? lui demanda Eliza quelques jours plus tard. Noël approche, et on ne sera pas trop de trois pour tout le travail qui nous attend.

Pell accepta avec plaisir, pour l'argent et parce que ça l'occuperait. Elle ne s'étonna pas, à son arrivée, de ne pas voir Eliza : les fillettes étaient souvent malades, ou bien il fallait vérifier les comptes ou passer un coup de balai dans la maison. Pell et William s'affairèrent côte à côte durant la plus grande partie de la matinée, tandis que Coquin dormait non loin d'eux. Pell fit le plus gros du travail – mélangeant, mesurant, pétrissant, donnant à la pâte au levain

145

des formes longues ou carrées, et les faisant cuire le temps nécessaire dans le grand four en brique. Elle remarqua que, pendant ce temps, William semblait préoccupé. À plusieurs reprises, il resta quelques minutes planté au beau milieu de la pièce, à se tordre les mains et à bouger les lèvres sans qu'aucun son ne sorte de sa bouche. Il travaillait si près d'elle que c'en était gênant. Elle demeurait parfaitement polie, tout en se disant qu'elle aurait préféré effectuer ces tâches avec Eliza plutôt qu'avec ce frère aussi bizarre que pataud.

Eliza fit une ou deux apparitions, prenant son frère à part pour lui parler — ce à quoi Pell ne prêta guère attention. Jusqu'à ce qu'il tourne enfin vers elle, en tremblant, un visage farineux où les gouttes de sueur traçaient des sillons.

— Que se passe-t-il William ? demanda Pell, inquiète, en s'approchant. Vous vous sentez mal ?

Pour toute réponse, il tomba à ses genoux et enfouit la tête dans les jupes de la jeune fille, lui enserrant les cuisses de ses bras puissants.

— Je vous aime, m'zelle Ridley, murmura-t-il entre ses dents, tandis qu'elle luttait pour se dégager. Et ce que je souhaite le plus au monde, c'est vous avoir pour épouse.

Pell ne prit pas immédiatement conscience de l'horreur de la situation. Cette déclaration la prenait tellement au dépourvu que sa première réaction fut l'incrédulité.

— Levez-vous, William, je vous prie. S'il vous plaît. Vous... vous êtes très bon. Je suis flattée par votre proposition, mais vous comprendrez sans doute que je ne peux en aucun cas vous épouser.

William ne desserra pas son étreinte.

– Il le faut. Il n'est rien que je souhaite davantage.

– Lâchez-moi, William, je vous en prie !

Le voyant devenir écarlate, elle commença à se sentir mal à l'aise.

– William ? William ? Je vous en supplie... Lâchez-moi !

Elle avait d'abord prononcé son prénom avec toute la courtoisie possible en de telles circonstances. Mais lorsque, loin de la laisser partir, il enfonça plus violemment sa tête dans ses jupes, elle se mit à hurler et à lui marteler le dos de ses poings.

– Lâchez-moi ! William, pour l'amour de Dieu ! Que va penser Eliza ?

Si seulement son amie voulait bien reparaître et mettre un terme à cette scène épouvantable ! Or, à supposer qu'elle pût entendre, elle ne daignait pas intervenir...

– Donnez-moi la réponse que j'attends ! gémissait William, enfouissant davantage sa tête entre ses jambes en l'empoignant avec ses énormes mains.

Pell se débattit avec force.

– Lâchez-moi ! cria-t-elle encore.

Puis un simple :

– Arrêtez !

Ce mot sembla enfin pénétrer dans son cerveau embrumé par la passion. Ses bras retombèrent le long de son corps et sa tête s'affaissa sur sa poitrine comme celle d'une grande bête blessée tandis que Pell titubait en arrière. L'espace d'un instant, elle le fixa horrifiée, certaine qu'il allait éclater en sanglots. Elle était submergée par la panique et la confusion. Était-elle pour quelque chose dans ce malentendu ? Lui avait-elle laissé croire qu'elle ressentait quelque chose pour lui ? Rien n'aurait pu être plus éloigné de la vérité. Elle tendit le bras, lui posa une main sur l'épaule.

– Je suis désolée, William. Je n'ai jamais eu l'intention de vous blesser.

Il leva la tête, indifférent à tout sauf à l'effondrement de projets d'avenir soigneusement échafaudés. Mugissant de douleur tel un taureau blessé, il se releva et, de son énorme main, saisit le bras de Pell.

– Vous n'avez pas eu l'intention de me blesser ? Pas eu l'intention de *me blesser* ?

Il était comme fou à présent, aveuglé par la rage et l'humiliation. Il la frappa fortement au visage – un coup d'une telle violence que Pell se trouva projetée à l'autre bout de la pièce, où sa tête vint heurter la poignée brûlante de la porte du four. Tentant en vain de se raccrocher à quelque chose, elle tomba en se tordant le bras. Il la rejoignit et la souleva pendant qu'elle luttait, pleurait et appelait à l'aide. La tenant par les cheveux, il la coinça contre le mur et l'obligea à relever la tête. Alors il plaqua sa bouche sur celle de Pell, fourrant sa grosse langue flasque entre les lèvres de la jeune femme.

– William !

Eliza s'élança vers lui. Il laissa retomber Pell, recula d'un pas chancelant et eut un cri de souffrance comme si c'était lui, et non elle, qui était blessé.

– Dieu merci ! murmura Pell. Dieu merci, te voilà...

Eliza la regarda, ses traits exprimant non la compassion mais la colère.

– Tu lui as dit quoi ? Tu lui as dit quoi pour le mettre dans cet état ?

Pell avait du mal à se maintenir debout, vacillant sous l'effet de la douleur, son visage brûlé commençant déjà à enfler. Le sang ruisselait d'une entaille au-dessus d'un de ses yeux. De son bras gauche, elle tenait son bras droit. Elle affronta Eliza avec dignité.

– J'ai refusé de devenir sa femme. Après une scène pareille, tu crois que je vais changer d'avis ?

Les joues en feu, Eliza se détourna.

– Et tu t'attendais à ce qu'il réagisse autrement ? Il a été terriblement déçu. Pas vrai, mon pauvre William ?

Son frère se tenait là, pantelant, au bord des larmes. Il hocha faiblement la tête, tel un enfant.

– Tu ne veux pas reconsidérer la chose, Pell ? demanda Eliza, d'une voix soudain sirupeuse. Il s'est laissé emporter par la sincérité de sa passion, n'est-ce pas, Will ? Il fera un mari merveilleux...

Alors que Pell se dirigeait vers la porte, Eliza alla rejoindre son aîné. Elle l'enlaça, essuya tendrement les larmes qui lui coulaient des yeux et lui plaqua quantité de baisers sur le visage et la bouche.

– Ne pleure pas, William chéri, ne pleure pas. Pell finira par t'épouser, évidemment qu'elle le fera... Pas vrai, Pell ? Ne pleure pas, mon chéri. Tout va bien...

27

C'est d'un pas chancelant que Pell parcourut les kilomètres de sentiers étroits pour rentrer chez elle, s'appuyant sur Coquin de son bras indemne. Parvenue au puits, elle but au seau avec avidité. Puis elle s'écroula sur la paillasse et ne bougea pas de la nuit et de la journée suivante – bien que Coquin insistât pour qu'elle se lève à son retour. Elle n'avait pas faim, seulement très soif et de plus en plus mal au bras. Mais, en faisant abstraction de ces deux choses, elle parvenait à tenir, ou bien constatait que la douleur pouvait s'évanouir plusieurs heures d'affilée, tandis qu'elle naviguait entre veille et sommeil. Elle aurait voulu fermer les yeux pour ne plus jamais les rouvrir.

Il s'était écoulé deux jours lorsqu'elle entendit Coquin accueillir l'homme aux chiens, à la porte, dans un geignement de plaisir. L'homme appela Pell. Comme elle ne répondait pas, il s'en alla.

Repassant le lendemain et n'obtenant toujours pas de réponse, il entra. Pell était là, fiévreuse et trempée de sueur, le visage enflé et d'un vert tirant sur le noir, un bras tordu selon un angle aberrant. Sans dire un mot, il la souleva avec une facilité qui le déconcerta et il la transporta sous son toit, où il lui prépara un lit près de la cheminée. Il lui fit boire de l'eau-de-vie jusqu'à ce que ses yeux se révulsent et se ferment. Alors, il palpa le bras enflé et déboîté et remit l'os en place tandis que Pell gisait immobile, le visage grimaçant de douleur. Il immobilisa le bras à l'aide de bandes de tissu trempées dans du blanc d'œuf, comme il l'avait fait pour une multitude d'animaux aux membres brisés, soulagé que l'os n'ait pas transpercé la peau. Quant aux brûlures qu'elle avait au visage, il les nettoya avec une étoffe trempée dans l'eau bouillie. Pour soigner la fièvre, il lui administra de la réglisse et de l'infusion de feuilles de jusquiame. Les blessures de Pell n'étaient pas pires que celles qu'il soignait tous les jours dans ses niches. En tant que chasseur, il s'était habitué aux terribles blessures des chiens, mais n'avait jamais renoncé à les soigner.

Chaque soir, il la quittait pour sortir. Le quatrième jour, s'en revenant à l'aube avec ses chiens, il constata qu'elle était calme, ayant cessé de s'agiter et de marmonner dans un demi-sommeil. Elle ouvrit les yeux et, semblant enfin le reconnaître, lui lança d'une voix rauque :

– Où est... mon argent ?

Elle referma les yeux avant d'avoir pu observer qu'il avait souri, pour la première fois depuis des jours et des jours.

Quand elle se réveilla le lendemain matin, Pell crut d'abord être de retour chez elle, à Nomansland, dans son vieux lit qu'elle partageait avec Lou. Elle demeura un long moment immobile, prête à entendre ses frères et sœurs se chamailler, le bruit de la boîte à thé que l'on ouvre, le tintement de la porcelaine tandis qu'on replaçait son couvercle sur la théière. Elle cligna des yeux, ensommeillée, et tenta de se redresser avant de réaliser qu'elle avait un bras pris dans une attelle et un œil qu'elle pouvait à peine ouvrir tant il était enflé. Son visage lui faisait mal.

Lorsque l'homme aux chiens revint de la chasse, elle essaya de discourir tant bien que mal, lui disant qu'elle appréciait tout ce qu'il avait fait (mais qu'avait-il fait, au juste ?) et qu'il était temps pour elle de partir. Il lui ordonna de se taire et alla, comme à son habitude, préparer à manger pour lui-même et pour ses chiens, la laissant se rendormir et se demander – alors qu'elle sombrait dans le sommeil – ce qui l'attendait à présent.

Il lui servit du bouillon épais et fort en goût. De son bras valide, elle le porta à sa bouche et parvint à boire toute seule. Elle avait les membres engourdis et couverts de bleus, et l'impression que la moitié de son visage ne lui appartenait pas. Elle se rappelait ce qui s'était passé, mais ne comprenait pas ce qu'elle faisait là. Épuisée par ses efforts de mémoire, elle sombra dans le sommeil.

Quand l'homme reparut le lendemain, Pell allait tellement mieux qu'elle se redressa et se déclara prête à s'en aller. S'il voulait bien l'aider à se remettre d'aplomb, elle cesserait d'abuser ainsi de sa bonté. Elle s'excusait de lui avoir causé un si long dérangement...

Il ne dit rien. Il se contenta de l'observer en silence, tandis qu'elle balançait les pieds sur le sol et s'asseyait en tremblant, avant de se laisser retomber sur le lit.

Il ne leva pas la main pour l'aider.

Lorsqu'elle rouvrit les yeux un peu plus tard, elle croisa son regard sombre et grave. Il palpa délicatement son bras cassé, et parut satisfait de la façon dont cela évoluait. Puis la quitta pour s'occuper de ses chiens.

Vint le moment de remplacer le bandage de Pell. L'homme retira rapidement l'ancien et maintint le bras de la jeune fille de manière qu'elle puisse voir par elle-même les ecchymoses multicolores. Il lui renveloppa le bras dans des bandes d'étoffe propres, le lui comprimant davantage cette fois-ci. Elle le fixa sans émettre un son, jusqu'à ce que sa vision se trouble sous l'effet de la douleur.

Il s'écoula encore deux jours. Elle était enfin suffisamment forte pour s'asseoir toute seule. L'homme aux chiens traversa la chambre pour lui apporter du bouillon de bœuf. Il la dévisagea et constata qu'elle ne tressaillait pas, ne détournait pas les yeux. Alors il s'installa à côté d'elle sur le lit, posa le bol de bouillon sur le sol, prit son visage entre ses mains et l'embrassa – en ménageant ses blessures, mais sans honte ni réserve. La chose faite, il retourna dans la grande pièce, où se trouvaient le poêle à bois et la cheminée, afin d'y préparer son petit déjeuner.

28

À compter de ce jour, ils vécurent comme mari et femme, même si le changement ne fut à aucun moment formulé. Lui continuait à braconner toutes les nuits et à rapporter du gibier à vendre, ou à saler et conserver pour l'hiver. Quand il la retrouvait, dans les heures précédant l'aurore, il sentait le sang et la terre. Elle acceptait l'autorisation – que concédait la passion – de vivre totalement au présent.

Dans la maison de pierre isolée, avec son feu de bois rugissant et ses provisions bien rangées, Pell était submergée par des vagues de sentiments inconnus. Mais elle avait également trouvé la sécurité. Pendant que son compagnon dormait, épuisé par sa nuit de travail, elle demeurait étendue près de lui, à se demander comment elle en était arrivée là. À la lueur du jour, elle ne pouvait s'empêcher de penser.

– Tu dors ?

– Oui.

Sans ouvrir les yeux, il l'attira contre lui.

– Tu entends le vent ? On va avoir besoin de plus de bûches.

Il refusait de se laisser arracher à son sommeil.

– Tu n'iras pas chasser cette nuit.

– Chut !

Et, un peu plus tard :

– Les chiens sont en train de rêver.

Elle distinguait leurs geignements, tandis qu'ils dormaient devant la cheminée.

Entrouvrant un œil, il demanda dans un bâillement :

– De rêver de quoi ?

– De rêver qu'ils chassent le lapin.

Il faisait jour mais la tempête hurlait. Pell voyait de la buée lui sortir de la bouche et il fallait remettre du bois dans la cheminée. Elle ne se décidait pourtant pas à se lever.

– J'ai des choses à faire.

– Oui, vas-y, murmura-t-il en resserrant son étreinte de manière à l'en empêcher.

Quand elle parvint enfin à se dégager, il continua tranquillement à dormir.

Elle lui parla de Birdie, de Bean et des circonstances qui l'avaient amenée à se retrouver seule au monde. De son passé à lui, en revanche, elle n'apprit rien. Elle lui raconta également de quelle façon elle avait été blessée. Il l'écouta en plissant les yeux.

La semaine suivante, il revint de la chasse avec un objet enveloppé dans du papier marron. Elle défit l'emballage avec soin. À l'intérieur, dans un mince étui de cuir, se trouvait un couteau de chasse petit et aussi tranchant qu'un rasoir. Elle regarda son compagnon.

155

– Pour la prochaine fois, dit-il.

Il lui montra comment glisser chaque matin la lame, dans son fourreau, en haut d'une de ses bottines. Elle finit par s'habituer si bien au geste qu'elle en oubliait la présence du couteau.

Il gardait ses deux lévriers sous son toit. Coquin fut lui aussi autorisé à dormir dans la maison car il refusait de quitter Pell et passait des heures à hurler quand on l'enfermait dans les niches avec les fox-terriers.

Elle apprit que l'homme était chasseur de profession, et braconnier par choix. Son père, son grand-père et son arrière-grand-père avaient été gardes-chasse avant qu'on ne ferme les champs, mais lui-même, trop sauvage, n'avait pas la fibre d'un employé.

Lui et moi sommes des parias, songeait Pell.

Pell ne voulait pas vivre sans rien faire. À peine remise, elle échangea deux gros lièvres contre deux poules pondeuses. Elle en acquit deux autres la semaine d'après. Et finit par en avoir six – ce qui lui ferait quarante-deux œufs par semaine quand le beau temps reviendrait.

Certains jours passait le chariot du boucher. Celui-ci achetait tout ce que l'homme aux chiens avait tué – épargnant à Pell le trajet à pied jusqu'au marché de St Mary. Avec la somme récoltée, elle achetait de la farine et du thé – quant au gibier, ils n'en manquaient jamais. Pell prenait soin des panais, des poireaux et des pommes de terre du potager de l'homme aux chiens, répandant de l'engrais et de la paille autour des plants afin de les protéger de la froideur hivernale. Jamais son compagnon ne lui avait demandé de cuisiner pour lui, et pourtant elle le faisait.

156

Lorsqu'ils dînaient ensemble, sa journée à elle s'achevait, quand celle de l'homme aux chiens commençait à peine. Il nettoyait son fusil et ses pièges tandis qu'elle donnait à manger aux poules et tricotait des bas avec de la laine achetée en ville. Avant les jours les plus froids de l'hiver, il tua le cochon et, une semaine durant, resta chez lui à découper la bête. Les chiens se régalèrent des os et des déchets. Pell fit rôtir la tête. L'homme sala les jarrets et vendit le reste de la bête.

Quand il repartit chasser, Pell s'accommoda très bien de la seule compagnie de ses poules. Un matin Coquin apparut, tenant dans sa gueule l'une des meilleures pondeuses, pétrifiée de terreur. Pell le gronda et ramena la bestiole en état de choc au poulailler. Sur la porte de celui-ci, Pell posa un verrou de fortune – une simple bande de cuir passée entre deux trous et nouée bien serré. L'homme aux chiens avait écarquillé les yeux à la vue de ce dispositif ingrat – n'empêche que ça barrait l'accès aux prédateurs. Coquin n'osait s'en prendre aux poules quand sa maîtresse était là. Souvent elle l'avait observé depuis la fenêtre, les jours où il faisait beau : le ventre touchant terre, il se glissait tout près d'elles et les fixait de ses yeux avides, pendant qu'elles picoraient le sol du bec. Parfois Pell avait pitié de lui, de ses instincts tellement opposés à sa volonté à elle.

Il lui arrivait de reconnaître que ce qu'elle éprouvait pouvait ressembler à de l'amour. Elle avait de quoi occuper ses journées, de quoi manger et – par-dessus le marché – un lien profond qui l'unissait à quelqu'un. La passion de cet homme l'arrachait à une longue réclusion et elle se sentait libre, pour la première fois depuis l'époque où elle

157

parcourait la lande au galop sur le dos de Jack. Cependant, elle ne pourrait être heureuse tant que demeurerait le mystère de la disparition de Bean.

Quelquefois, elle l'imaginait mort – assassiné, affamé ou noyé... Il était incapable d'appeler au secours et nul ne venait le sauver, ou veiller à ce qu'il soit enterré décemment. Elle le voyait se faire exploiter et dépérir sur place, faute de pouvoir protester ou dire qui il était.

Impossible, malgré tous ses efforts, de le chasser de son esprit. En ne partant pas à sa recherche, elle continuait à manquer à son devoir.

Pour le retrouver, elle se rendit à pied dans toutes les paroisses situées à une journée de marche de Pevesy. Elle demandait chaque fois la même chose : avait-on trouvé un garçon correspondant à la description de Bean ? Elle visita tous les asiles de pauvres, lesquels offraient tous un spectacle identique : une saleté sans nom, la faim, le malheur et la maladie. Et partout, on lui répétait : « On ne nous a amené personne qui ressemble à ça. » Mais elle scrutait quand même le moindre recoin. Elle vit des bébés aux yeux brillants comme ceux des rouges-gorges – emmaillotés serré et disposés en rangées régulières, condamnés à fixer le plafond. Et des vieillards entassés à quatre ou six par lit, leurs os d'arthritiques craquant tandis qu'ils déplaçaient leurs membres usés – recherchant vainement un peu de chaleur ou de confort. Et il y avait aussi les invalides et les arriérés, rassemblés comme pour mieux se tourmenter les uns les autres, de jour comme de nuit. Et, pire que tout, des personnes en bonne santé qui, par malchance, étaient passées de la respectabilité à la déchéance et à la misère. Des femmes séduites et abandonnées, des malades ou des blessés, des veufs et des veuves et des enfants – non désirés, orphelins ou souffrant de ceci ou de cela. Pell quittait tous ces lieux seule, éprouvant un mélange de soulagement et de désespoir.

Elle avait beau se renseigner dans chaque village, on aurait dit que Bean s'était envolé en fumée. Elle ne parvint à rien en explorant la région – si ce n'est à prendre conscience de l'étendue de celle-ci, et de la petitesse de l'enfant qu'elle cherchait.

29

Pell dépendait de plus en plus du braconnage de l'homme aux chiens, et de la vente de ce qu'il attrapait. Le boucher de la ville ne s'enquérait jamais de la provenance des lièvres, ce qui était préférable pour tous. Pell avait entendu parler de braconniers emprisonnés, abattus sur place ou pendus. Pourtant aucun boucher de village ne s'imaginait vivre sans gibier – chassé de manière légale ou illégale.

Quand le gibier était rare, l'homme prenait des oiseaux à la glu. Il vendait les rouges-gorges et les pinsons à des marchands londoniens qui profitaient de cette mode qui voulait qu'on ait un ou deux oiseaux chanteurs dans une cage, près de sa porte d'entrée. Les oiseaux de proie étaient vendus aux gitans. Les cerfs ne constituaient pas un gibier prisé, du fait de leur grande taille et du risque, pour le braconnier, de se faire attraper. Utilisée pour les manteaux et les cols, la fourrure de renard valait son pesant d'or. Quant aux faisans volés, ils étaient rentables, à condition de les vendre loin des châteaux où ils avaient été élevés. Même les maigres lapins d'hiver rapportaient quelque chose.

Pell aidait son compagnon à réparer les filets pour les oiseaux et à huiler les charnières de ses pièges ; il lui montra comment faire fondre, avec de la graisse de mouton, la substance visqueuse tirée de l'écorce du houx, et comment retirer la glu sur le plumage des oiseaux pour les rendre présentables. Pell apprit à préparer les peaux (de renard, de belette et même de blaireau) qui se négociaient pour quelques shillings ou quelques livres sterling, selon leur aspect et la demande du marché.

L'homme était deux fois plus âgé qu'elle. Pell s'interrogeait sur son passé.

Un soir, de bonne heure, alors qu'il s'habillait pour ressortir avec ses chiens, elle resta au lit à l'observer.

– Tu as toujours vécu comme ça ?

– Comme ça ?

– Seul.

Il haussa les sourcils.

– Tu trouves que je suis seul ?

– Si on ne me compte pas, oui.

– Je vois, dit-il en enfilant une botte, puis l'autre.

Au bout d'une minute, il ajouta d'un ton grave :

Non, pas toujours.

– Ah.

– À un moment, j'ai vécu avec un chasseur du nom de Plummer.

Elle attendit, mais il en resta là. Elle soupira.

– Tu en as, des secrets.

– Ce sont les femmes qui aiment les secrets.

– Moi, des secrets ? J'ai un lieu de naissance ; des parents ; des frères et sœurs – morts, vivants ou perdus ;

161

un ancien futur mari, abandonné ; un cheval, disparu. Un homme qui me doit de l'argent. Moi, je n'ai rien de mystérieux. Mais toi ! Pas de passé, et personne dans ta vie...

– Personne à part des chiens, des blaireaux, des renards, une horde de gardes-chasse à mes trousses...

Il leva les yeux, amusé.

– ... et toi. Ça en fait du monde, non ?

Elle fronça les sourcils.

– Tu es amoureux de la solitude.

– Y a-t-il meilleur remède contre le monde ?

Ses réponses agaçaient Pell.

– En quoi c'est un remède ?

– S'il n'y a pas de maladie, pas besoin de remède.

– Je vois. (Elle plissa les yeux.) Alors comme ça, je suis ta maladie ?

Il s'empara de son fusil.

– Tu es mon exemple. Si j'avais passé l'après-midi seul dans mon lit, au lieu d'être encore là à discuter des mystères de la vie, j'aurais déjà parcouru la moitié du Wiltshire à la poursuite d'un lièvre.

Il se pencha pour l'embrasser.

– On ne sera donc d'accord sur rien aujourd'hui ?

– Sur rien, dit-elle, décidée à ne pas céder.

Il appela ses chiens et sortit.

Pendant tout l'hiver, il y eut du feu dans la cheminée et de la nourriture sur la table. La présence de son compagnon avait sur Pell un effet qu'elle ne s'expliquait pas. Elle n'aurait pas eu idée de lui demander s'il l'aimait davantage que ses chiens et, quand ils étaient tous deux couchés, elle ne songeait à rien d'autre qu'à l'insondable noirceur de son regard. Parfois l'homme se montrait empressé, parfois presque indifférent. L'observant lorsqu'il paraissait perdu dans ses pensées, elle se demandait à quel genre de créature elle avait affaire.

Il arrivait à l'homme aux chiens de disparaître une semaine d'affilée, quand il s'en allait chasser loin de chez eux. Quand il ne se trouvait pas auprès d'elle, Pell était tentée de repartir. Un jour, à St Mary, elle aperçut Jack, à l'autre bout de la place du marché. Elle laissa aussitôt tomber son panier et se précipita à travers la foule. Sur la route principale, le cocher de la malle-poste de Londres l'esquiva d'un cheveu, tirant violemment sur le mors et effectuant une embardée qui faillit coûter très cher aux passagers et aux chevaux. Le cocher lui cria qu'elle aurait mérité de se faire écraser, tandis que Pell courait toujours. Enfin, tournant au coin d'une rue, elle vit une jument blanche assez belle pour la toucher droit au cœur – mais ce n'était pas Jack.

Tant de choses demeuraient perdues.

Pell ne cherchait pas à imprimer sa marque dans leur foyer, comme les femmes aiment en général le faire. Il comportait deux chaises en bois, une table (carrée et massive), quelques assiettes en étain, une grande et une petite marmites en fer forgé et, pour le lit, des couvertures en laine et des peaux de mouton. Au chaudronnier venu frapper à leur porte, elle fit rétamer les marmites fêlées. À un colporteur, elle acheta de quoi faire deux chemises à l'homme aux chiens, du lin blanc pour y découper de nouveaux tabliers, et une longueur de laine bleue et soyeuse destinée à une robe. Les rubans et les velours ne lui disaient rien. Et, à part un sachet de sel, un maquereau péché la veille en mer et une bouteille de cidre, elle n'acheta rien à l'épicier quand il vint avec son chariot.

N'appartenant ni au jour ni à la nuit, les heures qu'ils passaient ensemble avaient quelque chose d'irréel. C'était le moment idéal pour l'amour – puisqu'il ne pouvait être employé à grand-chose d'autre. L'homme aux chiens lui parlait de sa douce voix d'hypnotiseur, ne lui demandant jamais combien de temps elle avait l'intention de rester, à croire qu'il ne s'en souciait pas. Pas plus que de savoir ce qu'elle comptait faire ensuite, où elle comptait aller...

Et puis, aux premiers jours du printemps, il lui annonça qu'il partirait le lendemain pour rendre visite à sa femme et à son enfant. Pell tiqua mais resta silencieuse.

– Ils habitent où ? demanda-t-elle enfin d'une voix calme.

Elle hocha la tête quand il le lui dit.

– Et pourquoi leur rendre visite maintenant ?

– Faut que j'apprenne à chasser à mon fils.

– Et elle ?

Pell ne pouvait se résoudre à dire « ta femme ».

Il tira sur sa pipe.

– Je l'ai épousée quand elle a découvert qu'elle attendait un enfant. Mais je ne pouvais pas vivre avec elle alors, et je ne le peux toujours pas.

Pell avait compris que son silence contenait des secrets – et celui-ci ne serait pas le dernier, supposait-elle. Elle savait qu'il n'était pas du genre à se dérober à ses responsabilités. Soudain, loin de la remplir de terreur, l'idée qu'il la quitte la rappela à ses propres affaires en suspens.

164

Il la laissa avec de la viande salée et stockée, une grosse quantité de farine, une cave pleine de pommes et de légumes d'hiver et, à côté de la maison, une pile de bois abritée de la pluie. Il ne dit pas quand il reviendrait. Au moment de la séparation, il la regarda fixement, comme s'il s'apprêtait à lui demander quelque chose. Mais il se contenta de sourire et de frôler ses lèvres d'un baiser.

– Au revoir. Je reviendrai aussitôt que possible.

Ses chiens le suivirent.

Après son départ, la maison perdit progressivement de sa chaleur. Coquin grattait la porte et tournait en rond lorsqu'elle le laissait dehors, ignorant les lapins tant il était occupé à chercher frénétiquement ses amis disparus. Pell en conclut qu'il tenait davantage qu'elle à ses habitudes, et eut pitié de lui. N'empêche que chaque matin qui s'écoulait sans que Pell entende rentrer l'homme aux chiens l'emplissait davantage de mélancolie. Était-il parti pour des semaines ou des mois ? Une saison entière, une année ? Elle s'imagina assise là, à attendre, pendant que tout ce qui était à elle sombrait dans l'oubli. Elle sut, alors, qu'il était temps de repartir.

L'homme aux chiens lui avait aussi laissé de l'argent. Pour asseoir sa décision, elle commanda une nouvelle paire de bottines au vieux cordonnier de St Mary. Elle les choisit plus solides qu'élégantes, à semelles épaisses et doublées de liège, afin de parcourir de longues distances tout en étant protégée du froid. Or, bien que reconnaissant pour la commande de Pell – ça le changeait des innombrables et irrécupérables paires de chaussures qu'on lui donnait à réparer – le bottier la prit aussitôt en grippe. Il n'en savait pas plus que n'importe qui sur l'étrange femme venue de nulle part qui vivait avec le braconnier, mais sa seule existence éveillait ses soupçons.

— Les choses ne sont plus ce qu'elles étaient, grommela l'homme en tirant de sa collection une forme en bois, grâce à laquelle il prit les mesures du pied de Pell. La moitié des gens du comté s'en vont vivre là où ils ne devraient pas. Et l'autre moitié ne veut pas se donner la peine de travailler. Pas quand ils peuvent vivre gratis avec l'argent de la paroisse.

Pell — qui pensait avoir vu plus d'asiles de pauvres que lui — demeura silencieuse. Il poursuivit :

— Saigner la paroisse pour entretenir tous les bons à rien, les servantes engrossées et les bâtards qu'elles mettent au monde !

Il lui jeta un regard en biais, histoire de juger de l'effet de ses paroles.

— C'est pas juste ! conclut-il.

— Ils doivent pas avoir la belle vie à l'asile de pauvres, dit Pell d'une voix douce.

— Un lit, du feu et deux repas par jour... Ils s'en tirent bien, si vous voulez mon avis.

Comme ce n'était pas le cas, elle ne répliqua rien.

— Et maintenant, voilà que chaque paroisse refile ses pauvres à celle d'à côté.

Il eut un sourire grimaçant et poursuivit, en baissant la voix :

— On en a envoyé douze à Andover dans les derniers mois. Bon vent !

166

Pell se redressa. Des paroisses se débarrassaient de leurs pauvres ? Jamais elle n'avait entendu parler d'une telle chose. Si c'était vrai, ça signifiait que Bean se trouvait peut-être là où elle n'avait pas songé à le chercher.

Il fallut presque une semaine au cordonnier pour achever le travail et lui présenter une paire de hautes bottines d'un marron brillant aux solides semelles cousues. Alors Pell vendit ses poules au marché, termina de payer les bottines et fit son baluchon, y fourrant ses effets personnels.

Un chemin pour entrer, un chemin pour sortir. Au point le plus au sud de St Mary, une borne indiquait la direction d'Andover. Elle se mit en route, parcourue d'un frisson – à croire que quelqu'un venait de marcher sur sa tombe.

30

Bean n'avait pu se faire à la vie dans l'asile de pauvres. Bien au contraire, il y devenait toujours plus maigre et pâle. Ses membres maigrichons se tassèrent jusqu'à paraître ceux d'un garçon deux fois plus jeune. Son visage, du fait de la faim et de l'absence de soins, ressemblait de plus en plus à celui d'un vieillard. « Le vieux », c'est ainsi qu'on l'appelait. Et ses articulations et ses os étaient si endoloris par les mauvais traitements que ce nom refléta vite, outre son aspect, sa condition physique.

Un matin, le directeur et la surveillante en chef déambulèrent dans les salles et désignèrent tel enfant, tel jeune homme, tel homme... Ceux-ci furent traînés dehors, embarqués sur un chariot sommaire et emmenés – le trajet prit la journée – à Andover. De leur destination, les malheureux ne savaient rien, hormis par les propos échangés en cours de route, qui n'étaient guère encourageants. Pourtant, jusqu'à leur arrivée, le garçon continua à espérer qu'avec ce nouveau lieu, son existence prendrait un tour meilleur.

Ce qu'il découvrit lui rappela les descriptions que son père faisait de l'enfer.

N'ayant d'autre choix que d'endurer, il fit son possible pour tenir le coup. Entassé dans une salle avec quatre-vingts autres hommes et garçons affamés et puants, il passait ses nuits sur une paillasse infestée de puces, grattait les piqûres rouge vif de ses doigts aux ongles crasseux et cassés, et mangeait sa bouillie d'avoine trop liquide non parce qu'elle était mangeable mais pour ne pas mourir de faim. Ses plaies saignèrent et s'infectèrent. La fièvre le faisait flageoler quand, fiévreux, il s'efforçait de se mettre debout. Il obéissait aux ordres tant qu'il en était capable, ramassant l'étoupe jusqu'à tomber d'épuisement, ou aidant à pousser la lourde poignée du broyeur à os jusqu'à ce que son corps le lâche et qu'on doive le ramener à sa couche, moitié en le portant, moitié en le traînant.

Les jours où il était trop faible pour se lever, un garçon plus âgé – dont l'âme n'avait pas encore été pressée comme un citron et à qui il restait un peu de compassion – lui apportait sa ration de pain, après en avoir mangé une bonne partie. Le gosse devait échapper à l'attention de la surveillante en chef, laquelle avait pour principe de confisquer les rations non réclamées au nom d'adages tels que « On n'a rien pour rien » ou « La paresse ne mérite pas salaire ».

Ayant passé tout l'hiver à Andover, Bean prit conscience de deux choses. Tout d'abord qu'il mourrait s'il demeurait plus longtemps en ce lieu. Ensuite, qu'il ne voulait pas mourir. Quand il eut saisi qu'il lui fallait quitter cet endroit pour avoir une chance de survie, il attendit le début des beaux jours. Alors, il se présenta devant la surveillante en chef et lui désigna la porte. Elle se dressa du haut de son

169

mètre cinquante et, stupéfaite de l'audace du gamin, le fit sortir.

– Ici, c'est une maison de charité, pas une prison, dit-elle en déverrouillant la porte et en se composant une expression de mansuétude. Chacun de vous est libre de partir à tout moment, s'il le souhaite.

Une telle déclaration ne risquait pas d'influencer ses autres résidents, les chances de survie étant si faibles au-dehors.

– Le gamin sera mort avant demain, dit-elle au directeur. Mais ce n'est pas notre affaire. On a fait tout ce qu'on pouvait pour lui. S'il choisit de nous le renvoyer à la figure, nous n'aurons qu'à tendre l'autre joue.

Le directeur se garda de tout commentaire. Il n'en faisait jamais, sa propension au silence constituant son seul point commun avec le gosse qui avait gagné le chemin et s'éloignait en boitillant. La tête de Bean était brûlante de fièvre, le contact de l'uniforme lui irritait la peau, et les os de son corps frêle lui faisaient mal. Il n'en était pas moins décidé à quitter les lieux, en dépit des ennuis que ça risquait de lui causer. Il s'obligea donc à poursuivre, frénétique, jusqu'à ce que le bâtiment ait disparu de son champ de vision.

Ayant parcouru environ trois kilomètres en marchant d'un pas chancelant et en traînant les pieds, il quitta la route et alla se pelotonner parmi le blé doré tel un bébé renard, enfouissant sa figure dans l'herbe au doux parfum – pendant que le soleil frappait le sol de ses rayons et réchauffait son petit corps abîmé. L'odeur de la terre tiède et le cri des oiseaux le plongeaient – après des mois de captivité, de froid et de malheur – en un état d'euphorie. Il sombra immédiatement dans un profond sommeil traversé d'images de Pell et de son cheval blanc. De temps à autre il se réveillait pour reperdre connaissance quelques instants plus tard. Il resta plus d'une journée couché dans son nid de foin, à haleter, à grelotter et à suer, plus mort que vif. Enfin, il tomba dans une torpeur sans rêves, attendant une fois de plus que la roue tourne.

Toute la journée, des gens l'aperçurent, depuis la route. Certains ne firent pas attention à lui, d'autres le crurent mort. Il y en eut aussi pour s'étonner à la vue d'un enfant blotti dans l'herbe en lisière d'un chemin. On lui proposa même de l'eau ou du pain. Des gitans qui passaient par là l'aidèrent à s'asseoir, à manger une soupe nourrissante, et à boire une tisane destinée à soulager ses différents maux. En repartant, ils donnèrent le mot aux gens croisés sur la route. Si bien que lorsque Esther parvint à un croisement, elle apprit par une série de signes – comme on peut être informé par un télégramme ou un journal – dans quel état physique et dans quel coin se trouvait l'enfant.

Avec un petit rire étouffé, elle secoua la tête, se demandant quand cesserait enfin ce complexe jeu de cache-cache dans la plaine de Salisbury.

31

Toute l'attention que Pell avait pu recueillir en tant que fugueuse déterminée n'était rien comparée à celle qu'elle recueillait à présent. Une bonne alimentation avait avivé son teint et remodelé sa silhouette : elle avait perdu son côté enfantin, voire garçon manqué. Sa robe bleu foncé, neuve, n'avait jamais été rapiécée ; le tablier qu'elle portait par-dessus était d'un blanc immaculé. Elle ramenait ses cheveux en arrière et les attachait avec un ruban rouge, comme ceux qu'on met aux poneys qui donnent des coups de pied, parce que l'idée lui plaisait. Ses bottes brillaient, sur ses bas tricotés avec de la laine de qualité.

Ayant atteint son gabarit d'adulte, Coquin lui arrivait à présent à la taille. Une épaisse toison, au niveau du cou, le faisait paraître plus massif qu'il n'était. Quand Pell retirait les graines et les poussières de son pelage bleu gris, il avait l'air d'un vénérable patriarche. Fini de gambader comme un chiot. À présent, il trottait dignement aux côtés de sa maîtresse. En dépit de son absence d'agressivité, il la protégeait, ne serait-ce que par sa taille imposante.

Comme autrefois, ils dormaient dans des fermes et des

étables abandonnées. En revanche, elle avait de quoi s'acheter du pain, du fromage et de la bière. Coquin aurait mangé avec elle si elle le lui avait permis, aimant mieux partager le pain de Pell que devoir attraper son dîner. Mais il avait beau la supplier des yeux, Pell ne cédait pas. Avec le retour des beaux jours, des douzaines de lapins sortaient de leurs terriers : affamés, un peu sonnés, ils constituaient des proies faciles dans l'aube brumeuse.

Pell s'arrêtait de temps à autre pour discuter avec d'autres voyageurs, ou avec une jeune fille plantée dans son jardinet à l'avant de sa maison, ou avec un ou deux gamins. Ces échanges démoralisaient tout le monde : Pell, épuisée et sans abri ; les autres femmes, arrimées à une existence sans surprises. Après quelques jours passés sur la route, sa vie avec l'homme aux chiens perdit de sa précision, se dissolvant dans quelque chose de plus général : le passé de Pell – passé qui comprenait des gens et des lieux qu'elle ne reverrait peut-être jamais. L'avenir, quand elle y songeait, lui paraissait encore plus flou. Aucune voie ne s'imposait à elle. Seules deux images demeuraient claires en son esprit · Bean et Jack.

Elle était presque arrivée à destination quand il se mit à pleuvoir. D'abord de la pluie gelée, puis de la grêle – des boules de glace grosses comme des groseilles à maquereau qui, au contact du sol, explosaient en répandant dans toutes les directions une volée d'éclats. Pell se réfugia sous le feuillage d'un vieux châtaignier tandis que le bombardement se poursuivait. Elle n'émergea qu'une demi-heure plus tard, les pieds trempés d'une eau glacée.

Un silence de mort.

Pas un souffle de vent pour faire bruisser les feuilles des arbres, pas un cri d'oiseau. Elle jeta un regard alentour, déconcertée par l'absence de bruit. Au-dessus d'elle, sur une branche dénudée, sept pies se tenaient immobiles comme des pierres, à l'observer. *Bienvenue à Andover !* semblaient dire leurs yeux.

Quelques minutes plus tard, elle se trouvait à la porte de l'asile de pauvres. On eût dit que l'air y était plus froid. Le paysage lui-même semblait se dissiper aux abords du bâtiment, visiblement désireux d'être ailleurs. À une époque où les nouvelles circulaient à la vitesse des voitures à chevaux et où une triste notoriété mettait des décennies à s'établir, le nom d'Andover était devenu, du jour au lendemain, synonyme de peur et d'abus en tous genres. Il avait la réputation d'être le pire endroit à offrir le gîte et le couvert aux plus miséreux. Le bruit courait, jusqu'à Nomansland, que quand on livrait aux résidents les tas d'os qu'ils devaient broyer pour en faire de l'engrais, les pauvres créatures affamées se battaient bec et ongles pour le moindre reste de viande puante ou de moelle rance. Et ce n'était, disait-on, qu'un détail affreux parmi quantité d'autres.

Elle commença par se présenter au directeur, un ancien soldat au teint rougeaud. Il lui adressa un sourire lubrique. Elle détourna les yeux, incapable de dissimuler son dégoût.

– Ridley, vous avez dit ? Un muet ?

Il avait une sale expression, comme pour faire payer à Pell l'aversion qu'il lui inspirait.

– Je crois pas qu'on ait ça en stock.

Pell lutta contre son envie de fuir.

– Évidemment, un garçon qui ne cause pas, impossible de savoir où il a pu aller. Sans doute qu'il est mort et enterré.

Pell sentit son visage s'enflammer.

– Vous me permettez de jeter un coup d'œil pour vérifier ?

L'homme fit une courbette, une main plaquée sur le ventre, dans une caricature de geste chevaleresque.

– Si tel est votre désir, mademoiselle Ridley.

En dépit de l'autorisation accordée, il ne s'écarta pas pour la laisser passer. Pell hésita un instant et cela suffit à l'homme : il lui saisit aussitôt le bras, y enfonçant ses doigts puissants. Il l'attira si près de lui que Pell pouvait sentir son haleine, empestant l'oignon et l'eau-de-vie.

– Ce garçon n'est pas là, souffla-t-il, le visage à quelques centimètres de celui de la jeune fille. Mais grâce à mes relations, on pourrait le retrouver plus facilement.

Pell retenait sa respiration. Parfaitement immobile, elle s'imaginait pétrifiée, ou morte.

– Je vous demande si peu en échange, grommela-t-il à son oreille. Juste une heure de votre temps, et à *vous* ça ne coûtera rien, mam'zelle.

Loin de broncher, Pell soutint son regard.

– Si vous ne retirez pas votre main de mon bras, dit-elle d'un ton calme, je vous tranche la gorge.

Le directeur écarquilla les yeux en sentant la pointe du couteau de l'homme aux chiens pressé sous son menton. Il se détacha d'elle avec lenteur, le visage cramoisi.

– Traînée ! siffla-t-il. Vous ne reverrez jamais votre bâtard !

Mais Pell flairait la peur de l'homme et le devinait lâche. Toujours armée du couteau, elle le dépassa et sortit du bureau.

175

Pell mit presque une heure à parcourir le quartier des garçons. Errant dans la salle misérable, elle remarqua des tas de haillons nauséabonds, qui s'avérèrent être des enfants collés les uns aux autres pour se tenir chaud, et trop épuisés ou désespérés pour faire un geste. Seuls leurs yeux bougèrent à son entrée. Elle choisit deux gamins à qui il restait assez de force pour tirer sur sa jupe et, leur ayant décrit Bean, leur demanda s'ils l'avaient vu. Un gosse dont la tête semblait se réduire à un crâne répondit que oui.

– Il ne disait pas un mot, hein ? Ils l'ont envoyé trimer aux broyeurs, alors qu'il risquait pas de vivre longtemps en faisant ce genre d'ouvrage. C'était un gars fragile, mam'zelle.

Pell eut un serrement au cœur.

– C'était ?

– C'est qu'il est plus là, mam'zelle.

– Mort ?

– Non, pas mort. Parti, mam'zelle.

– Parti ? Où ça ? Quand ?

– Il a filé, il y a pas longtemps de ça. Pour aller où, j'en sais rien, mam'zelle.

Le visage de Pell se décomposa. Le garçonnet en profita pour glisser le plus délicatement du monde ses doigts glacés et osseux dans les poches de la jeune fille. Y trouvant un bout de pain mis de côté pour Coquin, il le fourra dans sa bouche et fixa Pell de ses yeux brillants.

– Un muet comme lui... Pas de risque qu'il nous dise où qu'il allait, hein ?

32

La femme de l'homme aux chiens accueillit celui-ci sans enthousiasme.

Leur fils, un jeune gars aux cheveux clairs, se tenait dans un coin sombre de la pièce pendant que sa mère préparait le thé. Il n'en émergea que quand on lui ordonna de rapporter du bois pour le feu de cheminée. Le garçon lançait à son père des regards en biais, partagé entre la crainte et l'excitation.

La jolie femme campée près de la cheminée tenait dans ses bras un bébé aux lèvres pincées et à la tête nimbée de pâles et fins cheveux.

– On l'a appelée Winnie, couina la femme. Comme sa grand-maman.

L'homme aux chiens jeta un coup d'œil au bébé et hocha la tête.

– Tu veux la prendre ? demanda la femme.

– Je laisse ça au père.

Cette réponse déplut à la femme.

– Qu'est-ce qui te ramène ici ?

D'un geste du menton, l'homme désigna son fils.

– Il est temps que quelqu'un lui apprenne à chasser.

– Gareth peut s'en charger.

– Pour ça, faudrait qu'il passe plus de temps ici.

Elle se hérissa comme une poule hérisse ses plumes.

– Tu ne vas pas commencer à le critiquer...

Elle jugea sa propre voix plaintive, et s'en voulut d'avoir aussi facilement et aussi vite mordu à l'hameçon.

– Il sera là d'une minute à l'autre. Il ne s'absente plus aussi longuement ces jours-ci.

L'homme aux chiens se garda de tout commentaire.

– Qui plus est, maintenant, le garçon va à l'école. Inutile de lui apprendre ta façon de vivre.

– C'est ce que tu crois...

Il détourna les yeux.

– Tom ?

Elle continua à le houspiller :

– Personne ne l'appelle plus comme ça depuis qu'il est grand.

Il soupira.

– Thomas ? Tu veux venir chasser ?

– Oui, p'pa.

– Et qui paiera l'amende ou ira le voir en prison quand on le chopera avec une biche ou une perdrix qui ne lui appartiennent pas ? Je ne tiens pas à ce qu'il soit déporté. Pas question que mon fils soit enchaîné et expédié à l'autre bout du monde.

Elle s'interrompit, essuya la sueur sur son front et s'appuya au manteau de la cheminée, dans une attitude d'échec. Son mari constata alors qu'elle attendait un autre enfant.

– Je pensais être débarrassée de toi, depuis le temps. Et de ton emprise sur nous.

L'homme se releva brusquement. Son expression n'avait pas changé – mais le chien qui se tenait à ses côtés lui jeta un coup d'œil et frémit.

– Je serai de retour à la tombée du jour.

Comme il sortait, il l'entendit marmonner des paroles désobligeantes. À l'adresse de leur fils, ou pour elle-même.

Chaque soir, l'homme aux chiens venait chercher Tom et tous deux se mettaient en route. Le garçon devait courir pour ne pas se laisser distancer par son père tandis qu'ils parcouraient des kilomètres dans l'obscurité. Au début, il eut un mal de chien, trébuchant sur la moindre pierre ou le moindre relief, et prenant toutes les branches dans la figure ou la poitrine. De grosses larmes lui montaient aux yeux, et il se lamentait sur son sort en suivant tant bien que mal l'impressionnante silhouette de cet homme qu'il connaissait à peine, et qui parcourait les bois dans une quête interminable et sans objet – car ils s'arrêtaient rarement pour reprendre leur souffle, et encore moins pour attraper quelque chose.

Pendant plus d'une semaine, l'homme aux chiens fit mine de ne pas remarquer la démarche chancelante de Tom, ses maladroits efforts pour ne pas être à la traîne. Une semaine : c'est le temps qu'il laissa à son fils pour dépasser son découragement et sa gaucherie. Après quoi le garçon, à son propre étonnement, commença à être conscient de ce qu'il avait sous les pieds, à ressentir ce sol sur lequel il courait. Peu à peu, il se surprit à deviner d'où une branche allait jaillir, ses yeux distinguant des formes et des mouvements là où ils ne voyaient jusqu'ici qu'une insondable obscurité. Il entendait des choses qu'il n'avait jamais entendues auparavant, des sons qui lui indiquaient à quelle distance se trouvaient l'eau, les cailloux, une côte à grimper. À présent, en se tenant parfaitement immobile, il parvenait à distinguer le vol des oiseaux ou le cri par lequel ils s'appelaient. Il discernait d'autres bruits de pas que les siens. Il était capable de dire si tel ou tel bruissement de feuilles signalait la présence d'un oiseau, d'une souris, ou juste du vent. Tout cela, il l'apprit sans qu'on le lui enseigne. Simplement en suivant son père, et en s'arrêtant pour tendre l'oreille quand celui-ci s'arrêtait. Plus il en savait, plus il se détendait. Il se mit à marcher d'un pas à la fois plus tranquille et plus libre, à adopter une attitude moins craintive et à faire corps avec la nuit.

Quand il eut à moitié formé le garçon à l'art de chasse, l'homme aux chiens put lui aussi se relaxer, et reconnaître que la tâche n'avait rien d'insurmontable.

Les soirs suivants débuta la véritable initiation. Il apprit au garçon à rester parfaitement figé et à attendre que la flamme d'une lanterne ou la lumière de la lune se reflètent dans une paire d'yeux rouges. Il lui montra comment fabriquer les collets destinés aux lapins et aux renards, les fixer sur les pistes fréquentées, et les régler de façon que la mort soit rapide. Il lui apprit comment s'adresser à ses chiens pour que ceux-ci comprennent ce qu'on exigeait d'eux – à savoir tuer et rapporter la proie. Il lui fit voir comment se déplacer silencieusement dans des bois secs, et comment attraper des oiseaux dans la brume de l'aube, en tendant des filets bas qu'ils ne pouvaient distinguer. Et comment traiter une morsure de rat, abattre une oie sans laisser de trace sur son corps, poser des filets à l'entrée des tanières ou faire sortir les blaireaux...

Tous les matins, il ramenait le garçon à sa mère et s'esquivait avant qu'elle ait pu le remercier. Ce qui valait mieux, vu que la mère de Tom avait déjà payé les leçons d'avance – un penny par jour – et que la dépense ajoutait à son exaspération. Elle ignorait où dormait l'homme aux chiens et s'en souciait comme d'une guigne.

Le gosse apprenait. Le père ne parlait pas beaucoup mais quand ça lui arrivait, le fils était tout ouïe. Tom était fier de ses nouvelles aptitudes. S'il n'appréciait pas franchement la compagnie de son père, il la redoutait moins. Au bout d'un mois, l'homme aux chiens eut le sentiment d'avoir accompli son devoir – du moins pour le moment. S'il avait commencé par se demander quel genre de fils il avait, il le savait désormais : un garçon avide d'apprendre, malin, bien disposé. Qui n'en demeurait pas moins, cependant, le fils de sa mère, à savoir un gars qui traînait les pieds et rechignait à se donner tout entier à la tâche.

Une nuit que l'homme aux chiens ramenait son fils chez lui aux premières lueurs de l'aube, il vit un cheval attaché devant la maison. Le reconnaissant aussitôt, il s'assit non loin pour attendre avec ses chiens.

Harris émergea quelques minutes plus tard.

– Ça faisait longtemps, dit-il, un grand sourire aux lèvres.

– C'est sûr.

– Tu surveilles ta femme ?

Harris s'adossa à la façade de la maison, avec un air de propriétaire.

– Je croyais que tu ne l'aimais plus.

– À juste titre.

Harris éclata de rire et secoua la tête.

– Marion prétend que tu me crois incapable d'élever ton fils correctement.

– Que je passe de temps en temps ne peut pas lui faire de mal.

– Je suppose que non. Je suis pas très doué pour la vie de famille.

– Pour le reste, tu l'es sacrément.

– Ouais, pas vrai ? s'esclaffa Harris. Tu bois à la santé de mon prochain gosse ?

Il se dirigea vers le cheval et tira une bouteille de la sacoche de selle.

– Du vin français de première !

Il retira le bouchon et but au goulot, avant de tendre la bouteille à l'homme aux chiens.

– Je n'aurais pas déjà vu ce cheval ?

– Celui-ci ? demanda Harris, d'abord pris au dépourvu. C'est bien possible. C'est un de ceux que cette fille a dégotés à Salisbury. Elle avait l'œil, il y a pas à dire ! Regarde-le. Il a drôlement bien tourné, hein ?

Le cheval bai était dans une forme éblouissante. Sans la folle tache en zigzag sur son nez, l'homme aux chiens ne l'aurait jamais reconnu.

– Je repense souvent à cette fille, poursuivit Harris. Elle savait de quoi elle parlait.

– Elle n'a pas été payée, cela dit.

Harris fronça les sourcils.

– Hein ?

182

– Elle n'a pas été payée

Harris donna un coup de pied dans une pierre.

– J'ai attendu, attendu... Elle n'est jamais revenue.

Il se remit à boire au goulot, puis dévisagea l'homme aux chiens.

– De quoi tu te mêles, au juste ? Je ne vois pas en quoi ça te regarde.

– Ce jour-là, la fille a perdu son cheval, son frère et cinq livres sterling. Cette histoire a fait le tour de la région.

Harris plissa les yeux, contrarié.

– Elle raconte partout que je suis une sorte de voleur de chevaux et de ravisseur d'enfants ?

– Ce n'est pas la vérité ?

– Je lui donnerais son argent si je devais la revoir. Mais ça ne risque pas de se produire.

L'homme aux chiens tendit la main.

– Je le lui donnerai.

Harris éclata de rire.

– Ah, la bonne blague !

L'homme aux chiens ne broncha pas.

Harris se figea et scruta le visage de son interlocuteur. Soudain, il eut une révélation.

– Bien bien bien... Alors comme ça, maintenant, tu fais dans les bonnes œuvres ? Tu viens en aide aux jolies défavorisées ?

Il tendit la main et donna à l'homme aux chiens une tape sur l'épaule.

– C'est bon, j'ai pigé. C'est clair.

– Et l'argent ?

183

Harris en riait encore quand il entra dans la maison pour en ressortir avec les cinq livres sterling.

– Si j'entends dire qu'elle ne l'a pas touché... (Il glissa la somme dans la main de l'homme aux chiens.) Tu retires le pain de la bouche des gosses – y compris du tien. Je sais pas comment tu t'en arranges.

– Moi non plus.

33

Ainsi Bean était vivant – ou l'était encore il y a peu. Pell sillonna le village, demandant partout si l'on avait vu un petit garçon muet et non accompagné. En vain. Mille fois, elle fit l'effort de se mettre à la place de son frère et de tenter d'imaginer où il avait bien pu aller. Mais hormis le désir pressant de s'éloigner de cet endroit épouvantable, elle ne ressentait rien. Qui connaissait-il ? Où pouvait-il se réfugier ? Il n'avait guère le choix.

Si ce n'est retourner à Nomansland.

Pell passa le lendemain et la journée du surlendemain à marcher, Coquin courant à ses côtés. Elle se mit en route alors que les premières lueurs grises se profilaient à l'horizon et s'arrêta à peine pour manger. Cent fois, elle songea à faire prévenir Louisa qui, depuis le temps, devait sans doute être enceinte de l'enfant de Birdie. Les rancœurs d'autrefois ne seraient désormais qu'un vieux souvenir. Les retrouvailles avec ses sœurs, Pell les imaginait pleines de gaieté.

Enfin parvenue en lisière de New Forest, elle ralentit le pas et chemina tranquillement, enveloppée dans le châle délicatement tricoté de Lou. Elle tenait à avoir fière allure en cette fin de périple et, se voyant en fille prodigue de retour au bercail, anticipait l'accueil de sa famille.

Les poulains sauvages qu'elle avait aidé à élever étaient désormais de robustes chevaux âgés d'un à deux ans, qu'elle reconnut avec joie. Des haies bourgeonnantes, entremêlées d'orties et de ronces et portant toujours quantité de fruits, abritaient une dizaine de variétés d'oiseaux. Dans le ciel bleu foncé, le soleil était encore chaud. Des touffes d'herbe d'un vert vif dansaient dans la lumière de ce début de printemps. Elle échangea un salut avec une ou deux personnes qu'elle connaissait de vue, s'étonnant un peu de leur expression : nul ne souriait.

Ce n'était pas la bonne période de l'année pour rentrer chez soi. Encore quelques mois, et les femmes et les enfants passeraient leur temps dans les jardins. Quelqu'un courrait avertir Lou, qui se précipiterait dehors pour l'accueillir. Pell n'en finissait pas de s'imaginer la grande scène du retour : tous se pardonnaient, tous se réjouissaient. Elle les verrait heureux, sa pauvre mère fourbue et son bon à rien de père. Et surtout elle retrouverait Bean, qui aurait regagné le seul foyer qu'il connaissait, et lui sourirait depuis le seuil.

Pourtant nul ne vint à sa rencontre alors qu'elle s'engageait dans le hameau. Les femmes qui étaient dehors la suivirent des yeux tandis qu'elle passait. Les enfants dont le visage lui était familier faisaient halte et la fixaient bouche bée.

Regardez-moi ! avait-elle envie de leur lancer. *Regardez ma robe, comme elle est neuve et belle. Et mes bottes, elles sont vernies et le cuir est excellent !* Sans doute l'un des villageois s'était-il empressé d'aller prévenir ses parents de son retour. D'un instant à l'autre, les petites crieraient son nom et viendraient l'entourer de leurs bras crasseux. Or rien ne se passait, alors qu'elle n'était plus qu'à deux pas de chez elle.

L'horrible odeur de catastrophe, c'est ce qui lui parvint en premier lieu. Odeur de sol mouillé, de charbon de bois, d'effondrement...

Atteignant la maison, elle vit une ruine.

Ce qui restait du toit était affaissé, les murs se réduisaient à des tas de débris calcinés, la porte était brûlée et enfoncée. Une épaisse couche de vieille cendre recouvrait ce qui avait été le jardin. Pell porta les deux mains à sa bouche afin de contenir un cri de stupéfaction. Elle courut sur le sentier menant à la maison des Finch. Laquelle n'avait pas changé, avec ses volets ouverts et la discrète colonne de fumée grise s'élevant de sa cheminée. Pell frappa à grands coups sur la porte. Elle recula d'un bond quand l'une des sœurs de Birdie l'ouvrit toute grande, les yeux ronds comme des soucoupes.

– M'man ! s'écria-t-elle.

Mme Finch fit son apparition, accueillant Pell avec une expression renfrognée.

– Alors comme ça, te revoilà ? Eh bien, je suis désolée pour toi, c'est sûr, mais au fond tu n'as eu que ce que tu méritais.

Quelqu'un surgit derrière elle. Pell mit un moment à reconnaître le visage aux yeux rouges, tristes et bouffis.

– Bonjour Pell. (Il sourit.) Je savais que tu finirais par revenir

187

– Mon Dieu, Birdie, qu'est-il arrivé ? Où sont-ils tous passés ?

– Tu portes une bien belle robe. Tu as bonne mine.

– Birdie, pour l'amour du ciel !

– Il y a des mois que tu es partie, dit-il, s'adressant à elle comme à une enfant. Lou n'est plus là. Ton père et ta mère sont morts brûlés dans l'incendie. Ils sont enterrés là.

Il désigna la chapelle.

Pell gémit, mais il n'en poursuivit pas moins :

– Comme je savais pas où tu étais, j'ai pas pu te prévenir. Je savais que tu reviendrais, cela dit.

Le regard absent, il se remit à sourire.

– J'ai attendu.

– Qu'est-il arrivé ?

Birdie haussa les épaules.

– Ça a pris dans le chaume, vers le mur du fond, au crépuscule. Une étincelle, peut-être ? Ton père avait bu et ta mère était couchée, malade. Le temps qu'on comprenne ce qui se passait, il était déjà trop tard.

Elle aurait voulu le frapper tant il parlait lentement.

– Lou et les filles étaient sorties quand c'est arrivé.

– Dieu soit loué !

Elle pleura en silence.

– Lou ne vit plus là. Elle a épousé un homme de Lover. Le vieux M. Bellings, figure-toi !

Il se pencha vers elle jusqu'à ce que leurs visages se touchent presque.

– Un vieux ! Et les petites ont été emmenées à Andover.

Pell sentit le sol se dérober sous ses pieds.

– Le mari de Lou n'a pas voulu les prendre. Et il n'y avait personne, ici, pour s'occuper d'elles. Ni maison ni argent.

– Mais Lou et toi, vous n'auriez pas pu...

Elle laissa la question inachevée. Birdie la retourna dans sa tête et, peu à peu, saisit ce que Pell avait voulu dire.

– Tu t'attendais à ce que je l'épouse ? Mais c'était toi que j'aimais.

Elle le regarda d'un air triste.

– Je ne suis pas la seule fille au monde, Birdie.

– Qui irait épouser l'idiot du village ? C'est comme ça qu'on m'appelle. Plus personne ne voudra de moi maintenant. Sauf peut-être cette fille de Lover, qui n'a pas toute sa tête. Tu pourrais expliquer à sa famille pourquoi la perspective de m'épouser était tellement terrifiante que tu as préféré t'enfuir en pleine nuit ?

– Birdie, je...

– Mais tu ne t'es pas trouvé un autre mari, pas vrai ? Il n'est donc pas trop tard pour réparer ce que tu as détruit.

Pell eut le tournis.

– Allez, je te le demande encore une fois. Je peux pas me permettre d'être fier.

Il se tenait près d'elle, et avait pris ses deux mains dans les siennes.

– Épouse-moi si tu regrettes ce que tu as fait, Pell. Tu peux réparer.

Elle le regarda, interloquée. La scrutant lui aussi, il finit par comprendre qu'il ne faisait pas partie des projets d'avenir de la jeune fille – quels qu'ils soient. Ses traits se figèrent.

189

– Va-t'en d'ici, dit-il, le visage grimaçant de douleur. Tu nous as assez causé de malheur, à moi et à tous les autres.

Elle s'avança vers lui.

– Birdie...

– Dehors ! cria-t-il, soudain menaçant. *Et ne reviens pas !*

Elle décampa.

34

Pell rebroussa chemin, regagnant Andover aussi vite que possible, dans l'espoir de pouvoir au moins réparer quelque chose. Elle dormit à peine, sans cesse réveillée par la vision atroce de ses parents en train de brûler.

Parvenue à Andover, elle alla droit à l'asile de pauvres. Le directeur entra dans le hall, avec sur ses vêtements l'odeur du lieu : *une odeur de mort et de corruption*, songea Pell, *qui lui colle à la peau comme un linceul*. Il eut, en l'apercevant, un sourire qui glaça le sang de Pell. Elle espérait ne plus jamais se retrouver face à pareille expression.

– Bien, bien. Bonjour à vous, mam'zelle.

– Je viens chercher trois enfants.

– *Trois*, à présent ? Quelle famille négligente ! D'abord un, et maintenant trois ? Muets, eux aussi ? Ça ne me regarde pas, j'imagine. Non, bien sûr que non. Mon seul souci c'est de tirer le maximum de ces bons à rien de pauvres.

Il eut un nouveau sourire, en remarquant sa terrible pâleur.

– Alors aujourd'hui, il y a trois enfants. Quelle histoire !

Dites-moi, mademoiselle Ridley, que s'est-il donc passé dans votre vie pour que vous veniez en chercher *trois* ?

Une brume sombre l'envahit. La tristesse la dévorait tout entière.

– Dieu du ciel ! Une autre muette ! Tout s'explique ! C'est de famille, pas vrai ? Comme l'idiotie, à ce qu'on raconte. (Il gloussa.) Désolé, mademoiselle, c'est plus fort que moi. Je m'imaginais toute une famille d'idiots. Je me rappelle plus, vous êtes leur mère ou leur sœur ? Les deux, peut-être ? Ça se voit souvent, dans les familles d'idiots.

– Frances, Sally et Ellen Ridley.

– Bien sûr, les Ridley. Je me souviens. Un bout de temps qu'elles sont là, seulement vous n'aviez pas demandé des filles. C'est un nom assez commun, jamais j'ai pensé que les gamines étaient à vous. Quatre enfants !

Il la déshabilla du regard.

– Et à un âge si tendre.

Elle ne broncha pas, faisant le vide dans son esprit.

– Nous y voici !

Après avoir léché son index, il tourna les pages d'un grand registre.

– Si seulement vous m'aviez demandé la dernière fois, je vous aurais tout de suite amenée à elles. Tant pis, c'est trop tard maintenant. Et pour ce que ça change, à quelques jours près. Sauf que...

Il regarda Pell avec la fausse sollicitude d'un prêteur sur gages obséquieux.

– Oh, mon Dieu, nous n'avons que deux enfants Ridley inscrits ici.

– Elles sont trois. Si vous voulez bien revérifier.

– Inutile, mademoiselle, inutile, dit-il en balançant le registre vers elle. Tout est là, vous pouvez le lire noir sur blanc : Sally Ridley, treize ans... (Il leva les yeux.) C'est bien ça, non ? Décédée. Il y a deux jours à peine. La fièvre. (Il fixa Pell.) Bien sûr, tout a été tenté pour la sauver. On n'a pas lésiné sur la dépense. Elle a eu droit à ce qu'il y a de mieux, en matière de nourriture et de médicaments.

Pell étouffa un cri.

Le directeur restait planté là, un grand sourire aux lèvres.

– Et... les deux autres ?

– Oui, bien sûr. Si vous voulez bien attendre ici, le surveillant va aller vous les chercher.

L'homme en question revint au bout d'une heure, traînant à moitié deux créatures qu'il tenait par le col. Dans leurs habits crasseux, elles se recroquevillaient, tremblantes de peur.

– Emportez vos attardées et bon vent ! grogna le directeur, que son petit jeu n'amusait plus. Elles sont à peine humaines, ces deux-là.

Obéissant à un geste de son supérieur, le surveillant laissa tomber les enfants sur le sol, devant Pell. Puis il agita le pied de façon menaçante. Quant au directeur, il leva la main comme pour les frapper. Les filles eurent un mouvement de recul et gémirent de peur.

– Les idiotes ! s'esclaffa-t-il en quittant la pièce.

Pell s'agenouilla et entoura les petites de ses bras.

– Venez ! dit-elle en remarquant à quel point elles avaient la peau tendue sur les os. Venez, Frannie, Ellen. J'ai des gâteaux pour vous. Vous voulez des gâteaux ?

Elles se pressèrent contre elle, frénétiques.

– Des gâteaux ! Des gâteaux !

Les prenant chacune par la main, Pell les entraîna dehors. Elles avaient été, à dix et douze ans, grandes pour leur âge. À présent, leurs membres paraissaient tout ratatinés. Les yeux rêveurs d'Ellen étaient cernés par le chagrin, et Frannie avait perdu son entrain. À peine Pell fut-elle sortie que les larmes ruisselèrent sur son visage – de rage autant que de désespoir.

Elle s'arrêta chez le boulanger pour y acheter un pain et des brioches au sucre, que les gamines fourrèrent aussitôt dans leurs bouches. Il allait lui falloir leur trouver une chambre. Toutes trois s'avançaient vers l'auberge quand la patronne se planta sur le seuil.

– Ces créatures répugnantes ne rentreront pas ici ! s'exclama-t-elle, indignée. Elles n'ont qu'à dormir dans l'étable, avec les autres bestiaux.

Pell protesta vainement. Elle les conduisit donc à l'étable et, leur promettant qu'elles auraient davantage à manger, les installa avec Coquin dans un box.

Si la faim avait fait d'elles des animaux, manger leur rendit leur humanité. Elles auraient avalé tout ce que Pell leur mettait sous le nez, hormis des os. Elles avaient parfois des haut-le-cœur, leurs estomacs ayant rétréci. Coquin restait assis près d'elles tandis qu'elles dévoraient, jusqu'à ne plus pouvoir avaler une bouchée. Pell tenta tout d'abord de les faire manger plus lentement, mais elles grognaient jusqu'à ce que leur grande sœur cède. Elles s'enfoncèrent dans la paille, à la fois satisfaites et hébétées. Enfin, elles s'endormirent, poussant de petites plaintes, les genoux ramenés contre leurs ventres gonflés, les poings agrippant le pelage du chien. Pell les regardait et, essuyant des larmes de rage, se posait inlassablement la même question : *Comment cela a-t-il pu arriver ?*

Puis elle cessa de pleurer. Se lamenter sur le passé était un luxe qu'elle ne pouvait se permettre.

Elle écrivit à Mme Louisa Bellings, à Lover. Dans sa lettre, hâtivement griffonnée, elle lui annonçait la mort de Sally, lui racontait dans quel état elle avait trouvé Frannie et Ellen, et lui fixait un lieu de rendez-vous. Le lendemain, elle reçut la réponse de Lou : celle-ci était en route. En attendant sa venue, les enfants mangèrent et dormirent – appelant Sally dans leur sommeil et se réveillant parfois en pleurs. Aussitôt elles se recroquevillaient, comme si elles craignaient qu'on les punisse pour le bruit. À la première occasion, Pell les lava avec le savon utilisé dans l'étable. À la fin de l'épreuve, toutes trois étaient épuisées et dégoulinantes d'eau. Elles restèrent dans le box avec Coquin pendant que Pell allait chercher du drap de laine pour y tailler robes-tabliers et tabliers. Elle les fit plus grands que nécessaire : les filles ne seraient pas toujours aussi menues.

À l'aube, Lou s'enquit de Pell et fut stupéfaite d'être conduite à l'étable. Là, elle embrassa les trois sœurs qui lui restaient, acceptant les pleurs des deux plus jeunes. Elle se blinda, consciente, dans son étreinte, du vide laissé par l'absence de Sally et de Bean. Deux enfants retrouvés. Deux perdus.

Serrant toujours les trois autres, Pell glissa à l'oreille de Lou :

– Comment tu as pu les abandonner ?

– Comment j'ai pu, *moi* ? (Lou eut un mouvement de recul.) C'est ta faute, Pell. Tu es partie, c'est comme ça que tout a commencé. Et puis il y a eu la mort de papa et maman, et plus personne pour nous aider à nous relever de tout ça. On n'avait rien, pas d'argent pour payer un loyer, pas même la considération des gens du village. Quand M. Bellings a proposé de m'épouser en dépit des ragots...

Elle baissa les yeux. Quand elle les releva, leur bleu était froid comme de la glace.

– Tu aurais fait quoi, à ma place ? Comment j'aurais dû réagir, à ton avis ?

Pell demeura silencieuse.

– Tu crois que c'est de gaieté de cœur que j'ai fait ça ?

– Mais Birdie...

Pour la première fois de sa vie, Pell vit Lou en colère :

– Tu l'as quitté, Pell. Tu l'as quitté et tu n'as pas attendu de voir ce qui passerait ensuite. Birdie n'a jamais eu envie de se marier avec moi.

Pell détourna la tête.

– Tu pensais qu'il se passerait quoi ? Il y a eu trop de promesses non tenues, tu ne vois pas ? On ne pourra jamais réparer.

Pell hocha la tête, les yeux baignés de larmes.

– Parle-moi de l'incendie.

35

Lou repartit le lendemain. Son mari l'attendait, expliqua-t-elle, et mieux valait qu'elle ne traîne pas. Il ne le souffrirait pas. Pell promit de lui écrire dès qu'elles se seraient installées quelque part, mais repoussa la suggestion de Lou de retourner à Nomansland.

– C'est impossible, Lou. Pour rien au monde, je n'y retournerais.

Lou n'osa pas insister.

– On va s'en sortir.

– Mais comment ?

Pell haussa les épaules.

– D'une manière ou d'une autre.

Lou secoua la tête.

– Je prendrais les petites si je le pouvais. Mais ce n'est même pas la peine d'y songer. M. Bellings ne voudra pas. (Elle eut quelques secondes de réflexion.) Il a une nièce qui travaille à Winchester, dans une auberge à la sortie de la ville. Je l'ai rencontrée, et elle m'a eu l'air gentille. Elle pourra peut-être vous aider.

197

Sur ce, elles s'embrassèrent. Lou partit d'un côté, Pell et les filles de l'autre.

Toutes trois se déplaçaient avec lenteur. Après quinze kilomètres parcourus sur des pentes escarpées, Coquin lui-même cessa de pourchasser les lapins et trotta auprès de Pell tel un chien soumis. Tout en marchant, celle-ci pensait à ses parents, et à Sally et Bean. Aux petites qui se lamentaient d'avoir quitté Lou, Pell dit simplement qu'elles allaient à Winchester. Quand elles y parvinrent, elles avaient les pieds endoloris et le moral au plus bas.

L'auberge fut facile à trouver. La nièce de Lou n'était pas dans les parages à leur arrivée mais le patron, lorsqu'elles mentionnèrent son nom, leur proposa une minuscule chambre sous les combles et un dîner non compris dans le prix de la chambre. Coquin pouvait dormir dans l'étable. C'était bon marché. Pell accepta, reconnaissante.

Une personne habituée à pire pourrait s'attendre à bien dormir dans un lit entre quatre murs. Or la chambre en question, ne comportant ni cheminée ni fenêtres, était humide et sentait le moisi. Pell ne cessa de se réveiller au cours de la nuit. Elle dut consoler les fillettes, et vice versa, et ce n'est qu'à l'aube qu'elle put grappiller quelques heures de sommeil.

Le souper de la veille – du pudding bouilli et du jambon – leur fut servi froid au petit déjeuner, sur une assiette en bois, par la nièce de Lou. Quand Pell se présenta et expliqua comment elles étaient venues, la jeune femme les accueillit chaleureusement. Elle disparut dans la cuisine dont elle émergea quelques minutes plus tard avec un verre de vin de sureau chaud mélangé à un œuf battu pour Pell, et du lait chaud parfumé à la muscade pour les fillettes, précisant que c'était bon pour la santé et le moral. L'attention, plus que la boisson elle-même, réchauffa le cœur de Pell.

Tout en sirotant son vin, elle raconta leur histoire : Nomansland, la mort de leurs frères puis de leurs parents et de Sally, et sa quête pour retrouver Bean et Jack.

La fille écouta, pleine de compassion.

– Quelle histoire épouvantable. Vous allez retourner chez vous ?

– Non, là-bas il n'y a rien pour nous.

– Vous comptez faire quoi ?

– Je vais devoir trouver du travail.

– Il va vous falloir une drôlement bonne étoile, pour trouver un emploi ici.

Elle n'en donna pas moins à Pell des noms de lieux où elle pouvait se présenter, et lui souhaita bonne chance.

Pell laissa les petites à l'auberge et commença sa recherche.

À l'auberge *The Bell*, on lui rétorqua qu'il n'était pas question d'embaucher une inconnue. Au *King's Head*, qui possédait une écurie, on daigna à peine répondre à sa demande. Le *Swan* n'avait pas besoin de personnel supplémentaire – ni maintenant ni plus tard. À la boulangerie, on lui conseilla d'essayer la maison d'en face, où il y avait un fort roulement parmi les domestiques, du fait du mauvais caractère de la maîtresse des lieux. Là, la cuisinière lui dit qu'elle accepterait plus volontiers un panier de grenouilles qu'une jolie fille sans références. Le boucher paraissait de si méchante humeur que Pell ne passa même pas le voir. À la poste, ils avaient déjà une liste d'attente d'aspirants employés (tous des gens de confiance, des gens du coin). L'épicière avait des filles, le cordonnier un apprenti, le charretier quatre fils. Et à aucun moment, Pell n'avait osé mentionner ses sœurs.

Un autre jour s'écoula. Une fois de plus, elle quitta Coquin et les filles pour parcourir des kilomètres. Dans toutes les maisons aisées, elle demanda si l'on avait besoin d'une blanchisseuse, d'une aide-cuisinière, d'une palefrenière. Les refus étaient accompagnés d'une incrédulité de plus en plus grande face à son absence de lettres de recommandation, de références familiales ou autres. Enfin, en lisière de la ville, le propriétaire d'une ferme vaste et mal entretenue lui proposa quelques jours de travail, à faire les semailles et chasser les oiseaux pour un shilling la journée.

– Mais faudra vous débarrasser de ce chien ! dit-il.

Faisant volte-face, Pell eut la surprise de voir Coquin qui se tenait là, à attendre qu'elle remarque sa présence avant de s'élancer vers elle avec l'enthousiasme d'un amoureux qui croyait ne plus la revoir.

– Je veux pas qu'un chien de braconnier tourne autour de mes poulets, grogna l'homme.

Malgré sa déception, Pell comprenait.

Tout en regagnant l'auberge d'un pas lent, Pell considérait les choix possibles. Elle pouvait aller à Oxford ou se faire embaucher à l'usine de papier de Swindon. « Ils prennent tout le monde, lui avait assuré la nièce de M. Bellings. Il y a déjà quatorze personnes d'ici qui y travaillent. »

À part ça, quoi d'autre ? Londres, avec ses nouvelles usines, sa fumée étouffante. Mais Pell n'était pas encore assez désespérée pour Londres. Elle avait renoncé à revoir

Harris. Même si elle le retrouvait, sans doute aurait-il vendu Jack. Il s'était révélé menteur et voleur et, sans l'homme aux chiens, elle était incapable de prouver qu'il lui devait de l'argent. Plus le temps passait, plus se dissipait l'éventualité d'un heureux dénouement.

C'est dans cet état d'esprit qu'elle fit une dernière halte, à la forge située à la sortie de la ville. Elle savait déjà à quel accueil s'attendre – une fille chez un maréchal-ferrant, quelle absurdité ! Mais l'odeur et les sons l'attiraient irrésistiblement, ainsi que sa connaissance de tels lieux et de ce qu'elle pouvait y faire.

Dans la cour, un cheval de ferme attendait patiemment pendant qu'un vieil homme à la forte carrure tenait entre ses genoux l'un de ses sabots.

– Excusez-moi... je cherche du travail.

L'homme, qui s'apprêtait à laisser retomber son lourd marteau, suspendit son geste. Il la fixa, déconcerté.

– Pour qui, mam'zelle ? Votre mari, votre frère ? Ou bien votre père ?

– Pour moi.

– Pour vous ?

L'homme au visage buriné sourit.

– Mais bien sûr ! Pourquoi ne pas commencer tout de suite !

– Volontiers. Si vous me prêtez votre tablier.

Très amusé, l'homme posa son marteau, défit son tablier de cuir usé et le passa autour du cou de Pell. Elle enroula deux fois les cordons autour de sa taille, et les noua devant. Puis elle se saisit du marteau, prit au maréchal-ferrant les quatre clous restants, souleva d'une main le sabot du cheval et appuya son épaule contre le flanc de l'animal – une gentille manière de lui demander de supporter lui-même le poids de sa jambe. L'animal, docile, s'exécuta. *Tap-tap-tap-tap* : Pell enfonça les quatre clous ainsi qu'elle avait appris à le faire petite fille, avec une parfaite précision et en prenant bien soin de noyer les rivets dépassant de la paroi du sabot.

De cet exercice inhabituel, elle émergea essoufflée et les joues en feu. Mais vu l'effet sur le vieil homme, le jeu en valait la chandelle. Il la regardait bouche bée tandis qu'elle laissait retomber le sabot. Puis elle caressa l'encolure du cheval et, se hissant sur la pointe des pieds, lui glissa un « merci » à l'oreille.

Elle se retourna vers l'artisan en rassemblant tout son courage et dit, de la voix la plus assurée possible :

– Je ferai n'importe quel petit travail que vous pourrez me confier.

Une telle angoisse lui pesait sur la poitrine que sa voix sortit étranglée.

– Vraiment n'importe lequel...

L'homme mit quelques instants à recouvrer ses esprits. Puis, se grattant, la tête, il s'écria :

– Daniel ! C'est qui, déjà, qui cherche un valet d'écurie ? John Kirby, là-haut à Highfields, non ?

Puis, s'adressant à Pell :

– Allez vous présenter à Highfields, à près d'un kilomètre en dehors de la ville, sur la route de la poste, et dites à John Kirby que c'est moi qui vous envoie. Je vous jure... ajouta-t-il dans un gloussement. Je donnerais cher pour voir sa tête quand il vous verra arriver !

Elle aurait pu se jeter à ses pieds tant elle était reconnaissante. Mais elle opta pour une expression de gratitude si sincère que le vieil homme en rougit de plaisir. Alors qu'elle et Coquin partaient dans la direction indiquée, il resta planté là à les suivre des yeux, les mains sur les hanches.

– Incroyable... marmonna-t-il en secouant la tête, sans cesser de sourire. Daniel ! Tu as déjà vu une fille pareille ? Incroyable !

À Highfields, Pell alla droit vers les belles écuries et demanda à parler à M. John Kirby. Elle suivit le palefrenier à l'angle du bâtiment, jusqu'à un minuscule bureau où étaient conservés les dossiers et les pedigrees des bêtes dans d'énormes registres reliés de cuir, et où un homme d'allure sérieuse, vêtu d'une élégante veste verte, de bottes noires et d'un pantalon de cheval blanc classait des factures et des reçus. Son expression, quand il leva les yeux et aperçut Pell, changea du tout au tout.

– Eh bien, dit-il en se levant pour l'accueillir. Vous êtes bien la dernière personne que je m'attendais à voir aujourd'hui.

– Est-ce que... C'est *vous*, John Kirby ? bafouilla-t-elle, tandis qu'elle se remémorait leur rencontre sur la route de la foire de Salisbury. Je... C'est le maréchal-ferrant qui m'envoie. D'après lui, vous cherchez un garçon. (Elle rougit.) Quelqu'un pour aider aux écuries.

– Oui, et c'est toujours le cas. Mais je n'aurais jamais imaginé vous voir arriver, vous.

– Je ne pensais pas non plus vous retrouver.

203

Elle hasarda un sourire, absolument ravie de le croiser de nouveau.

– Et vous avez trouvé un bon foyer pour la jument alezane... Desdémone, c'est ça ? Je me suis souvent demandé ce qu'elle était devenue.

L'homme sourit.

– Oui, vendue à la jeune dame la plus douce et délicate qui puisse se trouver. Et à ce qu'on m'a dit, entre elles, tout se passe à merveille. (Il secoua la tête.) Avec les chevaux, on ne peut jamais prévoir...

– Je me réjouis pour elles deux, dit Pell.

Mais sa voix tremblait d'inquiétude.

– Et vous ? demanda enfin John Kirby, se renversant sur son fauteuil et fronçant les sourcils. Vous feriez mieux de me raconter ce qui vous est arrivé depuis la foire de Salisbury.

– Je vous en prie, dit-elle, et on aurait dit que son corps entier suppliait. Je vous en prie, songez à moi pour ce travail ! Je suis capable de le faire.

L'homme ne parvint ni à sourire ni à exprimer sa désapprobation. Au lieu de quoi, il secoua la tête et lui fit signe de s'asseoir.

– Bon, je vous écoute.

Il l'écouta attentivement tandis qu'elle lui racontait dans les grandes lignes sa trajectoire, de la disparition de Bean et de Jack à son arrivée en ce lieu. Elle ne dit rien du temps passé avec l'homme aux chiens, mentionnant simplement qu'elle avait vécu dans une étable non loin de la ville. À la fin, il secoua à nouveau la tête.

– Le monde ne vous fait pas peur, n'est-ce pas ?

204

– Je n'ai pas vraiment eu le choix, répondit-elle d'une voix douce.

Il hésita quelques instants.

– Eh bien, je cherchais un garçon, ayant de préférence travaillé dans une grande maison, avec de l'expérience et de solides références.

Il tapota le bois de son bureau, songeur.

– Mais il est difficile de trouver des garçons convenables ces temps-ci, et votre expérience est très certainement... inhabituelle.

Pendant un moment, ni l'un ni l'autre ne pipa mot. Puis John Kirby désigna Coquin, sagement couché aux pieds de Pell.

– C'est votre chien ?

Elle hocha la tête.

– Il n'y a rien d'autre, n'est-ce pas ?

Elle voyait bien que son histoire obligeait l'homme à bien considérer la situation.

– Si.

Sa voix n'était plus qu'un murmure.

L'homme attendit.

– Il y a deux enfants, mes sœurs. Je suis tout ce qui leur reste au monde. Il faudrait qu'elles puissent rester près de moi.

John Kirby, qui l'observait attentivement, vit le rouge monter au visage de la jeune fille.

– Je vois, dit l'homme.

Les yeux de Pell s'embuèrent de larmes.

– Il faut que j'y réfléchisse.

205

Pell acquiesça. Un long silence s'ensuivit. Pell sentait que l'homme cherchait une façon de dire « non ». Elle ferma les yeux, comme pour faire barrage à ce mot qu'elle redoutait d'entendre.

– Vous devrez travailler dur.

Elle ouvrit les yeux.

– Et veiller à ce que votre chien ne s'attire pas d'ennuis.

Bien que tentée de se répandre en supplications et en promesses d'être une employée modèle, Pell demeura silencieuse. Malgré ce qu'il lui en coûtait, elle se contenta de faire oui de la tête et de patienter.

– Eh bien, fit John Kirby, acceptant de bonne grâce de perdre la guerre des nerfs, j'ai besoin d'un valet d'écurie qui soit prêt à travailler tout le jour durant, et une partie de la nuit si nécessaire, qui excelle à la tâche et qui sache aussi bien y faire avec les chevaux difficiles qu'avec les autres. Et qui ne boive pas, n'ait pas de pannes d'oreiller, ne cause pas de grabuge – et n'exige pas trop en termes de salaire, du moins au début.

Pell était tout ouïe.

L'homme poursuivit :

– Ayant moi-même un enfant, je compatis à vos problèmes. Les fillettes peuvent rester, mais...

– Elles travailleront ! s'exclama aussitôt Pell, se levant à moitié. Ce sont de rudes travailleuses, et elles ont l'habitude des chevaux.

John Kirby hocha la tête.

– Je vous prends donc à l'essai, toutes les trois. Pour deux mois.

Devant l'expression de Pell, il sourit.

– Venez à présent, que je vous fasse visiter les lieux.

Il se leva et la conduisit à la pièce située au-dessus du grenier à foin. Chaude et douillette, elle était à mille lieues du trou puant où elle dormait, dans la laiterie d'Osborne. Ils croisèrent un autre des palefreniers. Pell le salua modestement, tandis que John Kirby l'observait.

– Vous n'êtes pas du genre à courir après les ennuis, n'est-ce pas ?

Pell soutient son regard.

– Je ne vous accuse de rien. Je demandais, rien de plus...

Deux douzaines de chevaux se trouvaient dans l'écurie au-dessous. Kirby les lui présenta un par un, avec une mine de détails appropriés : par quel membre de la famille ils étaient montés, quelle sorte d'alimentation ou quel type d'exercices chacun nécessitait... Tous étaient logés dans des boxes spacieux – douze de part et d'autre de l'allée centrale. Des râteliers en fer forgé contenaient du foin vert non poussiéreux, et le sol était recouvert d'une couche de paille visiblement épaisse et propre. Le local à nourriture sentait le son, le maïs et l'avoine, la sellerie le cuir et la cire d'abeille. En tous ces lieux, Pell éprouvait une joie si complète que John Kirby la ressentait rien qu'en se tenant près d'elle.

Il était secrètement fier de sa dernière employée en date, de ses manières discrètes et de son allure gracieuse. Même si son arrivée était des plus inattendues.

36

Pell alla chercher Frannie et Ellen à l'auberge et les installa toutes deux à Highfields, dans la chambre au-dessus de la grange. En route, elle s'arrêta dans une maison devant laquelle jouait une ribambelle d'enfants. Elle proposa à leur mère d'échanger les robes-tabliers qu'elle venait de confectionner contre des pantalons et des chemises usées. C'était une requête si bizarre que la femme aurait pu refuser pour cette simple raison – si la laine n'avait pas été si neuve et si tentante. Elle se laissa donc fléchir. Pell habilla les filles avec ces vêtements élimés afin qu'elles n'attirent pas l'attention aux alentours de l'écurie. Elle leur coupa les cheveux, ce qui ne les dérangea pas outre mesure. Pour finir, elles eurent l'air de garçons maigrichons aux grands yeux et au visage expressif.

À leur arrivée, John Kirby se montra perplexe. Au lieu des jolies fillettes qu'il s'attendait à voir, Pell était accompagnée de deux créatures dépenaillées – trois, en comptant le chien – qui auraient pu être des garçons, des filles ou ni l'un ni l'autre. Il fronça les sourcils en se demandant quel genre de sorcellerie Pell devait pratiquer pour être parvenue à le convaincre de les prendre, en plus du chien. Mais il savait déjà qu'il n'avait pas le cœur à lui refuser quoi que ce soit. Quelque chose, dans l'attitude de la jeune femme, l'en dissuadait.

Certains hommes ne confieraient pour rien au monde leurs chevaux à une femme. John Kirby n'en faisait pas partie. À peine avait-il affaire à un cheval qui regimbait ou qui mordait qu'il n'hésitait pas à la consulter. Pell – qui par ailleurs n'exprimait jamais son opinion sans être sollicitée – lui faisait alors rapidement part de son diagnostic. Souvent les chevaux que Kirby jugeait difficiles ne lui posaient pas problème. Elle savait rajuster une selle pour empêcher une bête de se cabrer, convaincre un cheval de chasse de sauter une barrière ou un renâcleur de se dérober. Ce, tout simplement en modifiant leur alimentation ou la façon dont ils étaient harnachés, ferrés ou montés, ou dont on s'adressait à eux.

Dès leur arrivée, elle affecta Frannie au pansage des chevaux et la laissa s'occuper seule d'une rangée entière de boxes. Quant à Ellen, qui avait une peur bleue des chevaux, Pell ne trouva rien qui puisse la rassurer. C'était dans des chariots tirés par des chevaux qu'étaient livrés les os, tous les matins, à Andover. Et c'était dans ces mêmes chariots nauséabonds, une fois déchargés, qu'on emportait les morts de la journée.

Pell la chargea donc du nettoyage. Elle lui montra comment passer dans le savon un chiffon doux imprégné d'eau, avant d'en frotter le vieux cuir, puis d'essuyer le résidu. Ellen frottait de toutes ses forces, retirant la sueur, la cire et la crasse jusqu'à ce que les harnais brillent,

209

comme neufs. Elle passait ensuite au graissage des selles. L'une après l'autre, elle les travaillait à grands coups de brosse à poils durs – de sanglier – ou à poils doux – de blaireau, ne s'arrêtant que quand ses bras lui faisaient mal et que le cuir avait l'éclat de l'acajou. Les boucles en cuivre devaient être soigneusement astiquées avec du vinaigre, et les mors en fer étaient polis comme de l'argenterie. Quand le fils de John Kirby s'aventurait d'un pas hésitant à l'intérieur de l'étable, à la recherche de son père, Ellen l'éloignait des dangereux pieds arrière des chevaux et l'installait près d'elle, dans la sellerie. Là, elle lui parlait et lui racontait des histoires jusqu'à ce que sa mère vienne le chercher pour le ramener chez eux.

Dispensée du pansage, Pell s'affairait. Elle appliquait de l'huile sur quarante-huit sabots, bouchait les trous de souris du local à nourriture, récurait toutes les mangeoires. À la fin de la journée, elle les remplissait de foin nouveau, balayait les larges lames du parquet en chêne, changeait l'eau de tous les seaux. Les trois sœurs s'activant du lever au coucher du soleil, l'écurie étincela bientôt de propreté, dans les moindres recoins.

Si Ellen ne pouvait approcher les chevaux, rien, en revanche, ne pouvait en éloigner Frannie. Moins d'une semaine après leur arrivée, elle commença à se lever à l'aube. Elle grimpait sur une caisse pour hisser les lourdes selles sur les chevaux dont elle ne parvenait pas à atteindre le garrot. Elle faisait galoper ceux qui avaient besoin d'exercice, quasi invisible dans le flot de leur crinière, sous l'œil inquiet de Kirby. Seule la douce perfection de l'équilibre protégeait Frannie, car elle n'était pas assez forte pour contraindre une bête pesant près d'une tonne. Kirby avait du mal à regarder tant il craignait la catastrophe. Mais Pell se tenait près de lui et, admirative, revivait sa propre jeunesse – et sa liberté, son intrépidité d'alors.

Les trois sœurs payaient par leur zèle le privilège d'avoir du travail et de pouvoir être ensemble, avec pour seule gratification le salaire de Pell. Pourtant John Kirby s'inquiétait, se demandant s'il n'avait pas eu tort. Or il devait bien admettre que le travail était fait, mieux qu'auparavant, et que cela ne lui coûtait pas plus cher. Son esprit méthodique avait beau additionner les chiffres, il y gagnait à tous les coups.

Les deux fillettes aux cheveux coupés court et au visage angélique charmaient toute la maisonnée – l'une par la douceur de son regard, l'autre par son agilité et ses sourires de petit démon. Même les chevaux les plus dangereux se calmaient au contact de Frannie, laquelle était la préférée du maître. Et qui aurait pu lui reprocher son affection pour ce ravissant garçon manqué, avec ses yeux d'un marron vif et cette voix capable – comme celle de sa sœur – d'amadouer les chevaux ?

Ellen observait tout le monde et savait tout. Et si la moindre piécette, le moindre chausse-pied se perdait, vous n'aviez qu'à lui demander où ils se trouvaient et comment ils étaient arrivés là. Tous les autres s'occupant de chevaux, elle se tenait un peu à l'écart, et observait le monde. Voir que tout était à sa place – les choses comme les gens – la mettait en joie.

Un matin, de très bonne heure, John Kirby trouva Frannie juchée sur Midas, un grand pur-sang bai issu des

211

meilleures lignées qui avait la regrettable habitude de chercher à renverser – par tous les moyens possibles – ses cavaliers. Pour préserver la vie des quelques casse-cou qui avaient la témérité de le monter, on l'affublait toujours d'un arsenal : double bride, mors et martingale. Malgré cela, sa mauvaise humeur s'exprimait dans de furieux soubresauts et de telles cabrades verticales qu'on pouvait craindre qu'il ne bascule en arrière et n'écrase son cavalier. Si, pour quelque motif, l'animal ne parvenait pas à désarçonner celui-ci, il se lançait dans un galop effréné, plongeait la tête entre ses jambes antérieures et faisait un salto avant. Il était donc déchaîné *et* suicidaire. Pell se rangeait à l'opinion de Kirby : il fallait le vendre sans tarder.

Du moins, jusqu'à ce qu'elle réalise que Frannie le montait tous les matins avec rien d'autre qu'une têtière pour le diriger. Et qu'elle galopait, lui parlant à l'oreille tout le temps de la chevauchée. Puis elle se renversait en arrière et le faisait marcher au pas – un vrai modèle de docilité.

– Il n'aime pas le mors, dit-elle à Pell. Ça lui fait mal à la bouche.

Problème réglé.

La nuit venue, les sœurs dormaient ensemble sur une paillasse. Bien que Pell leur ait promis de ne jamais plus les quitter, à peine s'éloignait-elle qu'elles étaient saisies de panique. Surtout Ellen qui se réveillait la nuit en hurlant, appelant sa mère et Sally, et ne parvenait pas à se rendormir sans sentir Pell pressée contre elle d'un côté, et Coquin couché de l'autre. Frannie rêvait de Midas et cela atténuait le crépitement des flammes et le craquement des os. Mais à peine Ellen avait-elle les yeux fermés que l'odeur de fumée et la puanteur des chairs brûlées l'assaillaient. Et il n'y avait pas moyen de la réconforter.

Il serait faux de prétendre que John Kirby ne s'était jamais imaginé affranchi de son épouse et libre d'étreindre Pell et d'adopter les fillettes. Mais son bon sens (et Dieu sait qu'il en avait en réserve) l'empêchait de tomber sous l'emprise d'une jeune femme au passé aussi tourmenté et extravagant

37

Dans les écuries régnait une paix jusque-là inconnue. Les chevaux trottaient avec élégance et il était rare de voir une bête boiteuse. Les rênes glissaient en douceur dans les mains gantées, sans laisser de trace. Et quand, chaque soir, les filles grimpaient l'escalier menant à leur petite chambre, la grange au-dessous irradiait de manière indicible.

Et pourtant, peu à peu, quelque chose dans le travail de Pell commença à troubler John Kirby. Il avait remarqué qu'elle était totalement présente quand elle examinait un cheval, tâtant une épaule raide ou rajustant une selle. Le reste du temps, toutefois, elle paraissait distraite. Il sentait que, pour être pleinement présente, il manquait quelque chose à la jeune fille.

Elle était son employée depuis deux mois quand il la convoqua dans son bureau.

– Asseyez-vous, dit-il, en remarquant qu'elle tremblait. Ne vous inquiétez pas. Vous me donnez entière satisfaction.

Il lui tendit une enveloppe contenant deux mois de salaire.

– Je serais ravi que vous restiez à Highfields.

Il dit cela avec lenteur, sans cesser de la fixer.

– Vos aptitudes sont incontestables et vous avez su porter attention au moindre détail dans l'accomplissement de vos tâches.

Il s'interrompit.

– Néanmoins, j'ai remarqué récemment...

Les traits de Pell se figèrent.

– Je ne peux abandonner l'espoir de retrouver mon frère. Mais, à moins que vous n'ayez idée du lieu où il se trouve... (Elle croisa le regard de Kirby et son expression s'adoucit.) Je vous en prie, ne vous faites pas de souci pour moi. Vous nous avez déjà trop aidées.

Il hocha la tête, désirant poursuivre. Mais Pell se leva soudain et retourna travailler, emportant son salaire et la garantie de plusieurs autres mois de travail. Elle s'efforçait de ne pas songer à Bean.

Ce soir-là, John Kirby rentra dans son cottage situé sur la propriété et, fidèle à ses habitudes, soupa avec sa femme et son fils. Il les aimait, aujourd'hui comme autrefois, et c'est la conscience de sa bonne fortune qui lui donna une idée.

On annonçait une vente, dans une ferme distante d'une quinzaine de kilomètres. John Kirby connaissait la propriété et la qualité de ses chevaux. De plus, il leur manquait deux bêtes, et le maître avait besoin d'un nouveau cheval de chasse.

Kirby partit seul, de bonne heure. Parmi les bêtes proposées à la vente, un robuste cob irlandais de huit ans retint son attention.

– Jamais un pas de travers, dit le fermier à Kirby. Il peut porter jusqu'à quatre-vingt-dix kilos, mais comme monture destinée à une femme, ou à un enfant, il n'y a pas plus fiable. Il fait ce qu'on lui demande et il a un bon coup de saut.

Kirby appréciait l'allure du cheval. Apparemment calme et facile à vivre, il semblait valoir davantage que les trente guinées qui en étaient exigées. Bien que cet achat justifiât à lui seul l'expédition, Kirby déambula dans l'allée centrale de la vieille grange, à la recherche d'autre chose. Quand son regard se posa sur une jument grise de quatorze ans, robuste, saine et dotée d'une belle tête, il sut aussitôt qu'il avait trouvé ce qu'il cherchait. Il proposa un bon prix pour les deux et, sans expliquer qu'il payait la jument avec son propre argent, quitta la ferme en tenant les deux chevaux.

Comme d'habitude, Pell courut à sa rencontre pour examiner ses dernières acquisitions. Kirby retenait son souffle.

– Il fera l'affaire, susurra-t-elle en se penchant pour tâter les genoux du cheval de chasse.

Puis, les sourcils froncés, elle se tourna vers John Kirby tout en caressant la jument de la nuque au garrot.

– Mais on n'a pas besoin d'une autre jument. Si jolie soit-elle.

L'espace d'un instant, Kirby se demanda s'il avait fait le bon choix. Jusqu'à ce que Pell lui montre un visage radieux.

– N'empêche que c'est une beauté. Je comprends qu'elle vous ait conquis.

– Elle est pour vous, dit-il.

Pell le fixa.

216

– Oui, s'esclaffa-t-il. Il va vous falloir un bon cheval, si vous êtes décidée à parcourir la région à la recherche de votre frère.

– Pour moi ?

Telle une enfant, elle ne pouvait dissimuler sa joie. Mais aussitôt, son visage s'assombrit.

– Je ne peux accepter un tel cadeau.

– Il le faut, répliqua-t-il en mettant les mains dans les poches. Pas question que je la rende.

Elle soutint son regard pendant un long moment et, aussi soudainement que le vent tourne, renonça à son orgueil : folle de joie, elle se jeta au cou de Kirby. Celui-ci lui donna un petit baiser, comme on embrasse une fillette.

– Elle s'appelle comment ? chuchota Pell, presque trop émue pour parler.

– Son nom lui a été donné par le fermier, répondit John Kirby. Elle s'appelle Birdie. Pour la manière qu'elle a de sauter les obstacles.

Pell retint un cri. Mais aussitôt, son visage prit une expression décidée. Ça portait malheur de changer le nom d'un cheval, mais elle ne croyait plus à ces choses-là.

– Tant pis, dit Pell. Je l'appellerai Grisette.

38

La semaine suivante, John Kirby reçut ordre d'envoyer trois chevaux et un palefrenier à Milbrook, somptueuse propriété située dans la vallée voisine où le maître avait été invité à participer à une chasse à courre. La requête n'avait rien d'inhabituel et, plutôt que de se rendre lui-même sur les lieux, Kirby y envoya Pell. Elle avait si souvent entendu parler des splendides écuries de Lord Hayward, et mourait d'envie de les découvrir. Chevauchant Grisette, elle menait le groupe de chevaux de chasse. Pour avoir de la compagnie, elle avait emmené Frannie, montée sur un hongre louvet nommé Marly. Coquin trottait à côté d'elles.

À Milbrook, dans la magnifique sellerie aux équipements d'acajou et de cuivre, les garçons d'écurie étaient assis ensemble, à attendre que sonne l'appel les enjoignant à sortir de nouvelles montures. Pell tenait difficilement en place. Elle avait passé la matinée à parcourir les longues allées de l'écurie et à s'extasier sur une collection de chevaux dont la beauté l'emportait sur ses plus folles imaginations.

Quand l'appel retentit enfin, les palefreniers gagnèrent

les champs, espérant que le changement de montures se ferait sans trop grande perte de terrain. Si tout se passait comme prévu, il y aurait quelques moments d'agitation, accompagnés d'ordres braillés : il faudrait réparer telle sangle ou tel étrier, passer de la pommade sur des dos fatigués, faire rajuster un fer par le maréchal-ferrant. L'animation décupla quand un groupe de cavaliers déboulèrent ensemble. C'est alors qu'un valet d'écurie se prit l'inévitable coup de sabot sur le pied, qu'une flasque répandit son contenu et que les esprits s'échauffèrent. Un grand cheval alezan rua lorsqu'un poney passa trop près de lui. Ce faisant, il heurta un palefrenier à la poitrine, causant un grand désordre. Tout dut être interrompu du fait de l'homme blessé, et la chasse avait déjà parcouru près d'un demi-kilomètre dans le champ d'à côté quand les cavaliers purent enfin repartir.

Attendant près de l'homme blessé qu'il soit emmené, Pell était bouleversée.

Il fallait plus d'une heure pour desseller un cheval épuisé, le promener jusqu'à ce qu'il soit sec, le panser, le nourrir, lui donner à boire et le coucher. Après quoi s'ensuivait souvent une accalmie d'une heure ou deux, avant que ne soit donné l'ordre de retourner chez soi. En attendant de regagner Highfields, Pell discuta chevaux et cavaliers avec les autres palefreniers. À l'autre bout de la pièce, le long d'un mur, une série d'aquarelles encadrées attira son attention. Il y en avait une cinquantaine, accrochées sur plusieurs rangs, chacune d'entre elles constituant une petite merveille, à la manière de Stubbs – le peintre des chevaux.

219

– C'est la fille aînée de Lord Hayward qui les a peintes, lui précisa un valet d'écurie. En plus, c'est drôlement ressemblant.

– Elles sont belles, il n'y a pas à dire, murmura Pell, en désignant tel ou tel cheval aperçu sur le terrain.

Frannie les étudia d'un œil critique, songeant : « À celui-ci, elle a fait le jarret trop long » ou « elle n'a pas su rendre le regard de celui-là ».

Chaque représentation était personnalisée : Willow avait été figuré sautant une grande haie. Fez, un pur-sang arabe à la crinière et à la queue fournie, avec un faucon chaperonné perché sur une branche au-dessus de lui. Pell s'attarda sur toutes les aquarelles. Elle achevait presque de les passer en revue quand elle eut un mouvement de recul, tandis qu'un cri lui échappait.

– Qu'est-ce qu'il y a ? demanda Frannie.

– Regarde ! dit-elle en examinant l'œuvre de plus près, toute tremblante.

Frannie en resta bouche bée. C'était Jack. Elle l'aurait reconnu même si l'artiste n'avait pas marqué son flanc gauche d'une minuscule tache sombre.

– S'il vous plaît, lança-t-elle à l'assemblée, la voix frémissante d'excitation. Quelqu'un connaît-il ce cheval ? Il est d'ici ?

– C'est un des miens, dit un des valets présents. Il participe à la chasse, aujourd'hui.

Pell ne broncha pas.

– Sa maîtresse n'a que seize ans, poursuivit le garçon. Vous ne trouverez pas, de toute la région, de cavalière plus gracieuse. Mais c'est une drôle d'histoire. Lord Hayward a

220

acheté l'animal à un membre du conseil du comté qui a trouvé le cheval, par hasard, alors qu'il se baladait dans la nature. Il a fait circuler l'information, s'attendant à ce que quelqu'un réclame la bête. En vain, hélas. Enfin, pour lui c'était tant mieux. Un cheval pareil, et pas de propriétaire ? Ça cache quelque chose. *Elle*, en tout cas, elle remercie la providence et idolâtre l'animal. Elle raffole de la chasse, il en va de même pour lui. Et dès qu'il y a une barrière ou une haie à franchir, alors...

Les mots du valet d'écurie la submergeaient – un flot de paroles ininterrompu quand ses pensées à elle l'entraînaient ailleurs.

Pell se voyait parvenue au terme de sa quête, à ces retrouvailles qu'elle avait tant espérées, et dont elle se réjouissait par avance. Mais aussitôt, elle se trouva confrontée à d'autres images, qu'elle ne chercha pas à chasser de son esprit : Jack menant une existence confortable, pleine de bonne nourriture et d'affection ; le bonheur d'une jeune fille. Elle alla jusqu'à imaginer le moment où elle présenterait sa requête, désignerait la tache sur le flanc du cheval, raconterait son histoire et implorerait qu'on lui rende ce qui lui appartenait toujours. Cela, pendant que la fille pleurerait, effondrée, et que Lord Hayward observerait la scène d'un visage impassible, puis lui ordonnerait de quitter les lieux ou lui proposerait de porter l'affaire devant un magistrat local, pour une audience en règle.

Pell faisait les cent pas, en proie à une vive agitation, partagée entre l'espoir et la crainte. Que dire ? Que faire ? Les chasseurs ne tarderaient pas à regagner les écuries. Le cœur battant à tout rompre, se tordant les mains, elle anticipa la conversation et les différentes issues possibles. Une demi-heure s'était écoulée quand elle vit entrer une jeune fille au visage rougissant et à la soyeuse chevelure châtain. Elle souriait, tenant Jack par la bride. Pell jeta un coup d'œil alentour et, remarquant que le palefrenier chargé de Jack s'occupait momentanément d'un autre cheval, vint se placer près d'elle.

– Voulez-vous que je vous le prenne ? demanda-t-elle d'une voix douce.

– Merci, dit la fille. (Elle soupira.) Quelle journée parfaite ! On a galopé jusqu'à Milton Bend – aller et retour. Vous auriez vu la taille des barrières ! Et il y a un mur qui m'a fait tellement peur que j'ai fermé les yeux ! Les chiens ont effectué la mise à mort à seulement cinq kilomètres d'ici.

Elle caressa l'encolure de Jack et passa les rênes à Pell – laquelle accepta, dans une sorte de transe. Jack l'accueillit comme si la séparation n'avait duré que quelques heures, par un mouvement de la tête et une bourrade affectueuse. Il sembla à Pell plus grand, puis luisant qu'autrefois. *C'est la bonne nourriture et les soins,* pensa-t-elle.

– Il est très beau.

La fille, aux anges, regarda Pell.

– N'est-ce pas ?

Pell mena Jack au box sur la porte duquel était inscrit son nouveau nom, défit la sous-gorge et la sangle, et tendit la bride et la selle au valet d'écurie, qui n'arrivait que maintenant, tout couvert de savon.

– Désolé, dit-il. C'est toujours cinq chevaux d'un coup, et comme il n'y a pas moyen de tout faire à la fois...

Elle hocha la tête et s'écarta, sans cesser d'observer Jack. Il se tenait là, les yeux mi-clos, pendant que le garçon le pansait avec une éponge. Pell reconnut son expression quasi euphorique. Fixant les mains du garçon, elle avait l'impression d'être elle-même en contact avec les genoux et les épaules de son cheval. La pensée qu'elle puisse lui manquer était risible.

Elle resta plantée là à le regarder jusqu'à ce que ses propres chevaux requièrent sa présence. Puis elle s'en alla, le laissant à sa nouvelle vie.

Après cela, sa nervosité s'intensifia, affectant tous ses actes et propos. Elle ne fermait pas l'œil de la nuit, et traversait chaque journée à la manière d'une somnambule. À Highfields, tout le monde lui paraissait réel, à l'exception d'elle-même. Même sa voix sonnait bizarrement faux, comme si les mots avaient longuement traîné dans la boue avant de sortir. Toute la force qu'elle possédait, elle la mettait à lutter contre les vicissitudes quotidiennes, à survivre sur le souffle des autres. La pensée que Bean était peut-être vivant, quelque part, constituait désormais sa seule raison de vivre.

Son travail en souffrait. Au début, elle était seule à s'en rendre compte. Par la suite, John Kirby vit qu'il fallait réagir. Il demanda à lui parler. Aussitôt, elle donna sa démission, allant au-devant des questions qu'il s'était préparé à lui poser. Les yeux baignés de larmes, elle ajouta :

– Je ne pourrai jamais vous être suffisamment reconnaissante...

– Alors restez.

– Impossible, souffla-t-elle dans un murmure.

Il soupira.

– Peut-être reviendrez-vous quand vous l'aurez trouvé.

– Peut-être.

Pendant un long moment, ni l'un ni l'autre ne parla.

– Où irez-vous ? Comment vivrez-vous ?

Elle le fixa droit dans les yeux.

– Je me débrouillerai.

Elle savait qu'il en serait ainsi, tel avait toujours été le cas.

John Kirby accéda donc à sa requête, comme il avait accédé à toutes les autres. Penser à l'avenir de la jeune fille et envisager la perspective de vivre sans elle, tout cela l'attristait.

Dans la nuit, Frannie, se rapprochant de Pell, lui glissa à l'oreille :

– Je ne veux pas partir d'ici. Midas a besoin de moi.

– On ne peut pas rester.

– Pourquoi ?

– Il faut qu'on retrouve Bean.

Frannie se pencha quelques instants sur la question.

– Tu ne pourrais pas le retrouver, toi ? dit-elle lentement. Tu ne pourrais pas le retrouver... et le ramener ici ?

Pell secoua la tête. Elles ne reviendraient pas ici. Pas elle, du moins.

John Kirby ne voulut pas entendre parler de garder Grisette. Mais il emploierait Frannie, et très volontiers, jusqu'à ce que Pell revienne ou envoie quelqu'un la chercher.

224

Si Pell ne s'était pas déjà accoutumée au chagrin, sans doute n'aurait-elle pas eu la force de quitter Highfields et Frannie. La vie ne cessait, semblait-il, de lui imposer des responsabilités, en même temps qu'elle lui retirait toutes les consolations qui pouvaient se présenter – y compris l'amour. Des sœurs et des parents, des frères, des chevaux. Coquin et John Kirby. Birdie et l'homme aux chiens. Et même l'affreuse maison de son père, avec sa porte de travers. Tout cela la poursuivait, conspirait à alourdir son âme. À peine acceptait-elle un nouvel état de choses que le vent tournait, comme pour la railler. Rien ne durait. Chaque journée amenait son lot de rencontres non désirées, de pertes et de complications qui lui brisaient le cœur.

Baissant la main, elle chercha le réconfort de Coquin, présent comme toujours. Toutes ces choses qu'elle n'avait jamais voulu ressentir la retenaient dans leurs griffes.

Ellen et elle se mirent en route.

39

Quel drôle de cortège ils formaient ! La jument grise, le chien hirsute, la fille aux cheveux coupés court et Pell, qui venait de passer deux mois en bottes et pantalon et qui, à contrecœur, s'était résolue à se rhabiller en fille. Ensemble, ils faisaient davantage penser à des évadés d'un cirque qu'à une famille.

Ils allèrent, à pied et à cheval. Coquin s'élançait en tête jusqu'à ce que Pell le rappelle quand elle s'engageait sur un autre sentier. Ellen fermait la marche d'un pas lent, en fredonnant. Elle refusait toujours de monter sur un cheval. Elles finirent par gagner un point au croisement de deux routes. Une pancarte indiquait la direction de Londres. Trois autres celles de Salisbury, Winchester et Southampton. Pell fit halte.

– On va attendre ici, dit-elle, se tournant vers Ellen.

– Attendre quoi ? questionna l'enfant.

– Qu'il se passe quelque chose.

Ellen se demanda alors si cette sœur qu'elle aimait et dont elle respectait l'opinion plus que tout n'avait pas perdu la tête. Mais elle était épuisée par la marche, et soulagée de pouvoir se reposer. Elles s'arrêtèrent donc. Le jour, elles restèrent là à regarder défiler le monde et à cuisiner sur un feu qui fumait pendant Grisette broutait l'herbe abondante du printemps. La nuit, Pell vit la lune grossir et sentit son influence sur son propre corps changeant. Les sœurs se pressèrent l'une contre l'autre pour se réchauffer, contemplèrent les étoiles, s'endormirent et rêvèrent d'un avenir où elles n'auraient plus à errer sur la terre, en quête de choses perdues.

Avec tous les gens qu'elles croisaient, elles échangeaient saluts et nouvelles avant d'annoncer qu'elles recherchaient un jeune garçon. Elles le décrivaient, agitaient la main en signe d'adieu, puis attendaient que quelqu'un d'autre vienne à passer ou que le silence se fasse à nouveau. Elles parlèrent à des fermiers en route pour le marché, assis dans des chariots ou tirant des charrettes ; à des jeunes hommes allant à la rencontre de demoiselles ; à des dames dans de beaux équipages et à des filles dans de simples voitures à deux roues ; à des couples à pied ; à des vieillards chevauchant de vieilles rosses ; à des bergers menant des troupeaux de moutons. C'était une route encombrée, et tout le monde avait quelque chose à dire, bien que nul n'eût aperçu un garçon de la taille indiquée, aux cheveux noirs et luisants, et n'ayant pas l'usage de la parole.

Jour après jour, Pell demeurait obstinément confiante. Quand Ellen la fixait d'un air dubitatif – se demandant où elles iraient ensuite – Pell lui caressait les cheveux, lissait ses vêtements et la priait de dépouiller un lapin, de faire bouillir les pommes de terre qu'un voyageur leur avait laissées le matin même, ou de trancher le pain acheté au boulanger qui allait de village en village.

Elles attendirent trois jours, puis trois autres, puis encore trois de plus. À la moitié du neuvième jour, un faible grognement leur parvint aux oreilles. Et soudain, elles ne virent pas un chien, mais deux. De joyeuses retrouvailles : deux créatures à robe grise n'en formant plus qu'une seule. Pell balaya des yeux les quatre directions, cherchant d'où avait surgi le double de Coquin. Et soudain apparut le petit gitan aux longues jambes et aux os saillants.

– Eammon !

Pell se précipita vers lui, incapable de dissimuler sa joie.

Elle avait attendu sans céder à la panique – et ils étaient venus.

– Où est Esther ?

Il eut un sourire grimaçant.

– Pas loin.

Pell distinguait à présent la roulotte, sur la route, environ un kilomètre plus bas. Eammon ne voulant rien lui dire de plus, la jeune fille enfourcha Grisette et chevaucha à leur rencontre. Elle était presque parvenue à la caravane lorsqu'elle reconnut son conducteur. Assis à l'avant à côté d'Esther, il tenait les rênes de Moses dans ses mains délicates. Il descendit tandis que Pell se laissait glisser de cheval. Elle le serra dans ses bras, enfouissant le visage dans sa chevelure à l'odeur familière. Esme se tenait au-dessus d'eux, le plus près possible de Bean, prenant timidement et non sans ressentiment la main du jeune garçon dès qu'elle en avait l'occasion. Elle n'avait pas pardonné à Pell de l'avoir perdu, cette fameuse fois.

228

– De drôles de créatures ! marmonna Esther.

Le regard des deux femmes se croisa.

– Alors, dit Pell, vous l'avez retrouvé pour finir ?

Esther hocha la tête. Et là, d'une seule traite, Pell lui raconta tout : l'homme aux chiens, John Kirby, Andover, le retour à Nomansland, et tout ce qui n'était pas allé comme prévu. Lorsqu'elle parla de l'incendie et de la mort de ses parents, les larmes lui vinrent aux yeux et elle détourna la tête. Esther, quant à elle, resta de marbre. Toutes deux demeurèrent un long moment silencieuses.

– Et vous avez accompli ce que vous vous étiez promis de faire ? demanda enfin Pell, scrutant le visage de son interlocutrice.

– Oui, répliqua Esther avec un sourire étrange. J'ai retrouvé l'homme que je recherchais depuis tant d'années. J'ai parlé avec lui. Et puis j'ai vidé ma pipe sur sa maison.

Pell ne savait comment réagir à cette étrange information.

Leur échange fut alors interrompu par les retrouvailles d'Ellen, Bean, Coquin et Chien. Pell sourit à la pensée qu'en cet instant le cirque était presque enfin au complet.

Ils restèrent une semaine ensemble, à camper près d'une rivière. Pell raconta encore et encore à Esther l'épouvantable incendie de Nomansland et son horrible scène avec Birdie, jusqu'à ce que ces événements deviennent de simples fables, dénuées de toute réalité. Esther écoutait en se gardant de tout commentaire. Parfois elle détournait la tête, la bouche déformée par une grimace énigmatique. Au lendemain des retrouvailles, Pell appela Bean auprès d'elle – et par conséquent Esme – et le serra contre elle. Elle lui apprit la mort de leur père, de leur mère et de Sally, lui annonça le mariage de Lou, lui confia avoir laissé Frannie avec les chevaux. Bean écouta avec une expression on ne peut plus sérieuse pendant qu'Esme (presque aussi petite que lui et dotée d'aussi grands yeux) lui saisissait la main et la gardait dans la sienne.

Pell lui demanda alors s'il voulait venir avec elle et Ellen ou rester avec Esther et Esme. Il écarquilla les yeux et serra fort les doigts d'Esme. Pell comprit que les séparer était impossible, et qu'elle ne s'y essaierait même pas. L'espace d'un instant, Bean la fixa avec un visage étrange – empreint non de joie mais d'une sorte de satisfaction. Pell vit qu'il avait trouvé sa place sur terre et se sentit soulagée d'un énorme poids – poids qui se dissipa dans le ciel bleu pâle.

Ellen, demeurée des années durant une enfant invisible, passa alors au premier plan. Pell et elle étaient tout ce qui restait du clan d'autrefois, les deux seuls membres que nul ne réclamait.

Et ensuite ? songea Pell, incapable d'exprimer ses souhaits et ses craintes. Elle avait résolu un dilemme, pour être aussitôt confrontée à un autre. John Kirby lui avait dit qu'elle pouvait revenir. Mais plus elle y réfléchissait, plus elle savait la chose impossible.

Le lendemain, elle offrirait un petit livre illustré de dessins d'oiseaux à Evelina, dirait au revoir à Bean, et remettrait à Esther le peu d'argent qu'il lui restait, réglant au passage une vieille dette de famille. Esther, dont le foyer consistait en une roulotte à toiture en cerceaux supportant une toile, un cheval de trait, plus de deux cent cinquante kilomètres carrés de jardin et une nichée d'enfants reprendrait sa perpétuelle errance dans la plaine de Salisbury.

Cette soirée-là, ils la passèrent tous ensemble et mangèrent dans la même gamelle – enfants et animaux compris. Et quand ils s'endormirent, ce fut comme une seule et même famille, constituée d'êtres à part, de réprouvés...

Pell et Esther furent les dernières à fermer l'œil. Elles veillèrent jusque tard dans la nuit, sans guère échanger de paroles, tandis que de toutes les maisons, de toutes les cabanes, quantité d'histoires s'élevaient dans le ciel nocturne.

40

Pell planifia leur voyage avec soin. Elles marchèrent d'un pas rapide, ne s'arrêtant que pour manger et boire et, de temps à autre, pour se reposer. Elles passèrent une nuit à proximité d'Amesbury et repartirent de bonne heure le lendemain. Quand elles furent enfin parvenues à destination, Pell laissa Ellen devant la maison avec Coquin et Grisette, et alla seule à sa rencontre.

Ses chiens, qui ne mirent que quelques secondes à comprendre qu'elle était de retour, coururent l'accueillir en agitant la queue.

Il émergea des niches, s'attendant visiblement à tout sauf à ça. Il se figea à sa vue, pencha la tête, la regarda de nouveau – très posément, sembla-t-il à Pell. Et il attendit qu'elle parle.

– Je suis revenue.

Il hocha lentement la tête.

– C'est ce que je vois.

– Je n'étais pas sûre de te retrouver.

Il se renfrogna.

– Où voulais-tu que je sois ?

Elle ne répondit pas.

– Je t'avais dit que je reviendrais.

– C'est vrai, répliqua-t-elle d'une voix tremblante.

– Et tu n'as pas pu te résoudre à me croire ?

– Non.

– Tu n'as jamais appris la confiance.

Ce n'était pas une question.

Pell jeta un coup d'œil alentour : la maison, les niches, l'étable où elle s'était jadis installée.

– Non.

Il lui tourna le dos, reprenant ce qu'il était en train de faire.

– Je suis venu te demander si tu pouvais nous reprendre.

– Nous ?

Il balança aux chiens une carcasse et un seau plein d'entrailles, et des grognements succédèrent aux hurlements déchaînés.

– Oui. (Elle respira un grand coup.) Je suis venue avec un cheval. Et Coquin. Et l'une des filles.

– Quelles filles ?

Il se pencha au-dessus d'un seau d'eau claire, sans lui accorder un coup d'œil. Ses mains couvertes de sang laissaient dans l'eau de longues traînées rosées.

– Ma sœur.

– Qu'est-ce qui lui est arrivé ?

Ellen avait surgi, et ne le quittait pas des yeux. Parvenue au niveau de Pell, elle s'accrocha à ses jupes. Elle craignait le changement, redoutait d'être abandonnée. Mais Coquin s'élança vers l'homme, fougueux et frétillant de bonheur. Il fit montre d'un tel enthousiasme que le braconnier ne

233

put que prononcer son nom et le plaquer affectueusement au sol.

La fillette observait, rassurée. Mais alors il tourna vers elle un visage renfrogné.

– Tu es qui, toi ?

Il avait une expression sévère.

Elle aspira une grande bouffée d'air.

– Je m'appelle Ellen...

Puis, très vite, elle se mit à bredouiller :

– Papa et maman sont morts et maintenant, il n'y a plus que nous.

Elle consulta Pell du regard, cherchant désespérément une raison pour que l'homme veuille bien d'elles.

– On sait toutes très bien s'occuper des chevaux, se rappela-t-elle avec fierté avant d'ajouter, saisie de scrupules : Sauf moi.

L'homme eut du mal à garder un visage grave.

– Je n'ai pas de chevaux. À quoi tu vas pouvoir me servir ?

Oscillant entre la crainte et le ressentiment, Ellen se pencha sur la question.

– Et vous, à quoi vous allez nous servir ? demanda-t-elle enfin d'un ton un peu hésitant.

Pell sentit la fierté l'envahir. La fillette, angoissée, écarquillait ses yeux noir charbon. Mais dans son regard brillait un éclat rebelle : quelque chose, en elle, ne se soumettrait jamais.

– Je vais y réfléchir.

Puis, s'adressant à Pell.

– Alors ? À quoi je peux vous servir ?

– On trouvera bien. Si tu veux bien de nous.

Il considéra la chose.

– Si je veux de vous ? En tant que quoi ?

– En tant que... ce que tu voudras.

Il demeura silencieux.

– Je suis tellement fatiguée, fit Pell d'une voix douce.

L'homme resta là, à observer le petit groupe. L'enfant efflanquée et bravache qui avait les mêmes grands yeux sombres que sa sœur. Le chien. La jolie jument. La jeune fille qui n'était plus une jeune fille.

– D'accord, dit-il enfin sans modifier son expression.

– C'est « oui » ?

– C'est oui.

– Tu veux bien de nous ?

– Oui.

– Tu en es sûr ?

– Tu t'attendais à quoi ?

– Je n'en sais rien.

Elle sonda le regard de l'homme.

– Pourquoi tu veux bien ?

– Pourquoi je veux bien de vous. (Il hésita.) Parce que tu veux bien de moi. C'est pareil pour nous deux, tu ne vois pas ?

Elle réfléchit quelques secondes, puis secoua la tête.

– Non, murmura-t-elle.

L'homme s'adressa à Ellen :

– Tu as faim ?

L'enfant regarda Pell. Bien sûr qu'elle avait faim, elle avait toujours faim. Mais de là à l'avouer – et à cet homme, un inconnu... Pell ferma les yeux pour contenir l'émotion qui risquait, à tout instant, de la submerger. Enfin,

235

incapable de se maîtriser ou d'avoir réellement peur de l'homme, Ellen glapit :

– Oui, s'il vous plaît.

– Très bien, dit-il. Rentrons à la maison.

D'autres livres

www.wiz.fr
Logo Wiz . Cédile Gaïlllon

Composition Nord Compo
Impression CPI Bussière en avril 2012
à Saint-Amand-Montrond (Cher)
Éditions Albin Michel
22, rue Huyghens, 75014 Paris

ISBN : 978-2-226-24059-0
ISSN : 1637-0236
N° d'édition : 19893/01. – N° d'impression : 121072/4.
Dépôt légal : mai 2012.
Loi n° 49-956 du 16 juillet 1949 sur les publications destinées à la jeunesse.
Imprimé en France.